Dialann Emily Porter

An Jailtacht

Dialann Emily Porter

AN JAILTACHT

le RICHIE CONROY

Léaráidí le DON CONROY

AN SAOL ÓG

LeabhairCOMHAR

Tá *Leabhair*COMHAR faoi chomaoin ag
Clár na Leabhar Gaeilge (Foras na Gaeilge)

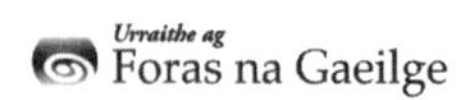

An Chomhairle Ealaíon

as tacaíocht airgid a chur ar fáil le haghaidh fhoilsiú an leabhair seo.

ISBN: 978-1-9998029-5-0

Foilsithe ag *Leabhair*COMHAR
(inphrionta de COMHAR,
47 Sráid Harrington,
Baile Átha Cliath 8)
comhar.ie/leabhair

*Leabhair*COMHAR

Dearadh agus clóchur: Alex Synge
Ealaín: Don Conroy
Comhairleoir eagarthóireachta: Patrick J. Mahoney
Clódóirí: Clódóirí CL Print

Do Alannah agus do Naomi
Bígí dána

BUÍOCHAS

Buíochas ó chroí le hEimear agus le mo pháistí a thugann inspioráid dom gach aon lá. Buíochas mór le mo mhuintir agus le mo chairde a léigh an lámhscríbhinn agus a thug treoir agus aischothú den scoth dom – is iad sin mo mháthair, Gaye, agus mo dheirfiúracha Sarah, Sophie, agus Justine, chomh maith le Dookie, Darragh, Mark agus Linda. Táim fíorbhuíoch.

Ba mhaith liom buíochas mór a ghabháil freisin le Caitríona agus le hElly i *Leabhair*COMHAR a bhí cineálta, cliste agus cabhrach i gcónaí. Buíochas chomh maith le Pádraig a rinne gaisce eagarthóireachta, rud a bhí an-tábhachtach domsa. Ba mhaith liom mo bhuíochas a ghabháil leis an dearthóir, Alex Synge, a rinne an clúdach agus an leagan amach, agus le m'athair, Don, a rinne na léaráidí áille agus a bhíonn i gcónaí an-dearfach i dtaobh aon togra chruthaithigh a bhíonn idir lámha agam.

Richie Conroy

A Note From Emily

The year was 1994. I was fifteen and I had just walked out of my Junior Certificate Irish exam after staying the requisite thirty minutes. It was my *refusing to give up my seat on the bus* moment.
(Later that day, I also refused to give up my seat on the bus but that's because standing in the aisle makes me feel woozy.)

I still remember the stunned look on Bean Uí Ruairc's face when I left the exam hall.
'Cá bhfuil tú ag dul, Emily?' she asked.
'Abhaile,' I replied.

My parents instilled this rebellious spirit in me. Dad is a Public Relations Strategist (spin doctor) who works for all the political parties – basically whoever is in power. At home, he actively encourages debate and questioning the status quo.
Mam, a homemaker and artist, also likes for me to think outside the box and to wear clean underwear.

By the time I got home, Bean Uí Ruairc had already phoned the landline. My parents were waiting for me in the kitchen with that stern look they get whenever I do something wrong (like the time I recorded *Alf* over the VHS tape of their wedding).
I sensed the tension and decided attack was the best form of defence.

I played one of my strongest cards early. 'If you let me drop down to ordinary level Irish none of this would have happened.'

Mam spoke first. 'We're not angry, Emily, we're just disappointed.'
I'm not falling for that old trick, I thought.
'Wrong, I'm angry,' thundered Dad.

My parents only ever grounded me once (when I was caught drinking a dolly mixture before a disco in the local rugby club). Usually, they were far more creative with their punishments, as I was about to find out...

Dear diary
REM

DÉ hAOINE 17Ú MEITHEAMH 1994

I can barely fit into last year's summer clothes. My favourite Levi's 501 jean shorts are way too small. Do clothes shrink when stored in the attic?
I asked Mam and she said I was too young to be obsessing about my weight, that I have my entire life to do that.

I think my parents have forgotten to punish me for the whole 'walking out of my Irish exam' thing. They must have accepted that I was 100% in the right. Dad is very stressed with his job lately. He keeps taking late-night phone calls from some guy with a Northern Irish accent called Gerry. Gerry must work in the shipping business because again and again I heard Dad asking if Gerry 'can deliver this?'

Olivia stayed over last night. Her Dad had a conniption fit when he read the bill from Telecom Éireann. Olivia had spent over £90 on long-distance phone-calls to France. Her Dad told her that from now on, she was to write to Guillaume or, better still, break up with him. Dads have no sense of romance and besides – it's his fault for bringing Olivia skiing to France in the first place. If they didn't go, Olivia would never have met Guillaume. Olivia is seriously thinking of running away to France this summer. She can get the ferry from Rosslare. I would be WAY too scared to do anything like that.

The best thing about summer holidays is being able to watch the lunchtime showing of *Neighbours* which we did with breakfast (strawberry Pop-Tarts).

Later, the postman arrived with a letter for

```
Tuismitheoirí Emily Ní Phóirtéir
12 Clós an Chaisleáin
Léim an Bhradáin
Co. Chill Dara
```

I told the postman that nobody lives here by that name. He said it was our address *as Gaeilge* and that it's for Emily Porter's parents.

Who would be writing to my parents? And in Irish?
Then the penny dropped.
Obviously the Department of Education had learned about my antics in my Junior Certificate Irish Exam and they were writing to Mam and Dad. Were they going to expel me from the educational system for making a stand?
Would I be forced to go to some school that teaches boys how to make bird tables and girls how to make lasagne?
I hate lasagne.
My worries soon shifted to my parents. They were going to freak the lid. Dad's cholesterol is through the roof (according to Mam). Would this news literally give him a heart attack?

I opened the letter but it was all in Irish.

There were lots of pages and a form to fill out. The first page just said 'admháil', 'íoctha' £399.

I got my Irish-English dictionary which was still in my bag along with my lunchbox, which had a very hairy-looking corned beef sandwich – school finished over three weeks ago! (Note to self: throw out sandwich before Mam finds it.)

I looked up 'admháil'. It means 'admit'.
Admit. Was this a veiled threat? The kind the Mafia send? Admit it?
Next I looked up 'íoctha'. It means 'paid'.
Were the Department of Education threatening me to 'admit it or I'll pay a fine of £399?'

I was way out of my depth. My head was spinning.

Dinner time was subdued. I hardly ate a thing (well, I ate the chicken, roast potatoes but not the carrots). Mam kept asking me if I was alright, she said I looked a bit pale.
After dessert, I told my parents about the threatening letter that the Department of Education sent me.

Dad asked to see it. He read it and almost immediately he and Mam started laughing.
'Amadán,' Dad said.
My parents are both Gaeilgeoirs. This means they speak Irish whenever they want to talk about something they don't want other people (usually their kids) to understand.

'Seo admháil don Ghaeltacht,' said Dad. I stared at him blankly.
'This is a receipt for Irish College,' explained Mam.
I was still completely confused.
'You're going to spend three weeks in the Connemara Gaeltacht of Carraroe learning Irish.'

Cooper (my annoying brother) started singing 'School's <u>not</u> out this Summer' and laughing to himself.
I was utterly speechless.
'Consider it your punishment,' smiled Dad.
We'll see about this.
I was raging.

DÉ SATHAIRN 18Ú MEITHEAMH 1994

It took me ages to get to sleep last night. I kept asking myself, 'Why do my parents hate me?' over and over again. I was also trying to think of ways to fight this cruel injustice.

- I could cry but that rarely works anymore, especially not with Mam.
- I could run away but I would really miss *Neighbours* (the TV show, not the O'Briens next door).
- I could threaten to phone Childline and complain about my mistreatment (long shot).
- I could try and break my ankle (last resort).

And then, in a moment of inspiration, I came up with the perfect plan. I went down to Mam and Dad to play my trump card. Dad was struggling with the *Irish Times* crossword.
'I have a crossword for you,' I said. I was so proud of this opening statement.
'To protest my shameful treatment at the hands of you, my heartless parents, I am hereby going on hunger strike.'

Happy that I made my point, I left, but as I walked up the stairs I heard Dad say, 'That's going to save us a fortune in Pop-Tarts.'

They will soon see how serious I am about not going to the stupid Gaeltacht.

HUNGER STRIKE DIARY

11am – I haven't eaten anything since a packet of Rancheros last night. This is very easy.

1pm – Lunch time. I'm hardly even thinking about food. Mam brought Cooper to Burger King for a special treat. She asked me if I wanted to come. I shook my head. I have a lot more will power than that.

1.30pm – Getting a bit hungry.

1.40pm – Really, really, regretting not going to Burger King.

1.42pm – Is juice food? I opened a can of Squeeze Tropical and drank it without diluting it.

1.44pm – Watching *Clarissa Explains It All* and an ad for Denny's sausages came on. I miss sausages.

1.48pm – Nana phoned. I told her about my hunger strike. She thought it was a good idea as she noticed how I was gaining weight.

1.52pm – I ate half a packet of Jacob's Cream Crackers.

1.53pm – I ate the other half packet. Mam and Cooper arrived home. There were Cream Cracker crumbs everywhere. Mam had a kid's meal for me. I accused her of having no faith in me but I took the kid's meal because it's a sin to waste food. My hunger strike was over but I made my point.

I went to my bedroom to eat in peace. I got a 'Pumbaa the Warthog' toy from *The Lion King* with my meal. I put Pumbaa on the windowsill with the rest of my Disney collection (including the teddy of Dumbo my Dad bought me on the day I was born). Am I getting too old to have all these toys on display?

Olivia and I went into town this afternoon. She took the last of her Confirmation money out of her post office account.
£162.58.
She is dead serious about going to France. Should I tell someone?
We talked about the Gaeltacht or the Jailtacht as I now call it. Olivia laughed at my play on words. I love how she nearly always gets my jokes. That's the reason she's my best friend. Olivia went to Irish College in Ring once and said it's really easy to get sent home. All you have to do is speak lots and lots of English.
We wrote a list of pros and cons of going to the Gaeltacht.

PROS:

- I wouldn't have to see my parents or Cooper for three weeks.
- I might fall in love and find my soul mate.

CONS:

- Have to speak Irish.
- No TV allowed.
- I will miss Olivia (She made me write that one down.)
- School during Summer Holidays. UGGGGGHHHH!

When I got home Mam, Dad and Cooper were glued to the TV (not literally). Ireland were beating Italy 1-0 in the World Cup in America. Ray Houghton scored. There were a few minutes left. I hadn't seen Dad this happy in ages. He and Cooper were screaming at the referee to 'blow it up!' I decided it was a good time to discuss the Gaeltacht like adults. So I turned off the TV. Our conversation was very short.
'Emily, what are you doing! Put back on the TV. There's four minutes of injury time!'
'I have something important to discuss.'
'EMILY PUT BACK ON THE TV!'

I had seen Mam successfully use this tactic (turning off the TV) before when she wanted a new hoover or to go away to a hotel for her birthday.

'If I was to agree to go to the Gaeltacht, what sort of pocket-money would I get?'

Dad said we would discuss it after the match and Cooper snatched the remote from me.

A few minutes later the referee blew the final whistle. Ireland had won.

Now Dad was ready to talk.

'You watch *Challenge Anneka*, right?' Dad asked. *Challenge Anneka* is a gameshow where the presenter, Anneka Rice, has to do something within a specific period of time e.g. build a dog hospital in a day.

'I will give you 10p for every Irish word you can say in the next 5 minutes. Anois! Ar aghaidh leat!'

Dad pressed a button on his digital watch and the challenge began. I was totally flustered. We were in the sitting room. I looked around me and said whatever came into my head.

'Eh... cathaoir, fuinneog, doras, teilifís, daidí, deartháir, pictiúir, cailín, buachaill, fear, bean, seomra suite, solas, leabhar...'

I ran into the kitchen.

'Cistin. Bord. Cathaoir.'

'Dúirt tú é sin cheana féin,' Dad cut in.

'Ciúnas!' I shouted, he was interrupting my flow. 'Pláta. Spúnóg. Uisce. Bia. Arán. Bainne. Fridgedóir?'

Dad made an 'eh uh' noise like the one that sounds when contestants guess something wrong on *Family Fortunes*.

'Scian. Forc. Cáis. Tae. Urlár. Milseán. Cáca milis. Im. Subh. Úll. Oráiste. Banana. Prátaí. Dinnéar. Uachtar reoite. Bricfeasta.'

I was on a roll.

I looked out the window into the back garden.

'Gairdín. Féar. Bláthanna. Crann. Éan. Cat. Madra. Spéir. Scamall. Grian ag taitneamh. Oíche… Shamhna. Nollaig. Bronntanas. Séipéal. Ospidéal. Carr.'

I ran into the hall.

'Halla. Leithreas. Mála scoile. Bróga. Litir. Páipéar. Teileafón.'

'Nó guthán,' Dad said. I gave out to him for interrupting again as I ran upstairs.

One minute and a half had gone.

'Staighre. Seomra folctha. Scuab fiacla. Glan. Salach, uisce te, fuar…'

I ran into my bedroom.

'Seomra leapa.'

I started going through my wardrobe, throwing my clothes on the floor as I named them.

'Cóta. Gúna. Geansaí. T-léine. Brístí. Sciorta. Stocaí… bán, dubh, gorm, glas, buí, oráiste, donn, bándearg… Póstaeirí. Balla. Ceol. Solas. Bréagán… lámh, cos, ceann, cluas, súil, gruaig…'

I was running out of visual cues and then I just started blurting sentences, I think it's called a stream of consciousness:

'Chuaigh mé go dtí an siopa le mo chara Olivia agus cheannaigh mé ispíní agus bhí mé ag gáire agus ní maith liom Take That agus is fearr liom seacláid, mná na hÉireann, Mary Robinson, póg mo thóin, d'ól mé gloine líomanáide, tá mé tinn, dúirt an dochtúir go bhfuil an t-ospidéal dúnta agus sneachta ar an dtalamh –' and then I had a moment of inspired genius and I simply started to count, 'A haon, a dó, a trí, a ceathair, a cúig…'

When his alarm beeped to signal the five minutes were up Dad had a big grin on his face, almost as if he enjoyed being out-smarted by his fifteen-year-old daughter. 'Maith thú,' he said, 'tá neart Gaeilge agat cheana féin.'

'How many did I get? Words?' I asked.

'Focail,' Dad said.

'Focail!' Cooper repeated. 'Focail, focail, focail.' He is so immature.

'Rinne mé dearmad iad a chomhaireamh,' Dad said as he took out his wallet and gave me a £50 note. I had never held one before.

'Anois. Seo duit. Ná bí dána.'

Dad's moods are like the weather in Ireland; even when it's sunny a storm is never too far away. After I tidied up my room, I tried to call Olivia but Dad was on the line to Gerry with the Northern accent.

'It looks like great craic over there, I want to go too,' Gerry said.

Dad shouted at him that he already got a visa in good faith and he wouldn't get another one until he lived up to his part of the deal.

I interrupted them to say that I had to call Olivia and that it was a matter of life and death. Dad shouted at me to get off the line. He is so rude sometimes.

The Northern man laughed and said 'Tiocfaidh ár Lá.' I noticed Dad ate an entire swiss roll tonight. He always eats when he's stressed. For his birthday I'm going to get him the sit-up machine I've seen on the Shopping Channel. If Dad doesn't like it, I'll have it.

Dé Domhnaigh 19ú Meitheamh 1994

Mam is clearly feeling guilty about banishing me to the Gaeltacht because this afternoon she brought me shopping in Roches Stores. I got new underwear, toiletries, jean shorts (to replace the ones that shrunk) and a Pepe denim jacket. She also bought me this putrid yellow raincoat, the kind fishermen wear. She said I'd appreciate it – it rains buckets in Connemara. I told her that rain or no rain, the only way I'd ever wear it is if I got glaucoma and turned blind.

Later on we went to Bewley's Café for lunch. Mam ordered us a fancy new coffee called a cappuccino. Mam said it is important to try new things, which I think was a hint about me going to the Gaeltacht. Mam looked horrified when she found out the cost of the cappuccinos: £2!!! She made me promise not to tell Dad. I guess it is not always a good idea to try new things.
Mam tried, again, to have 'the talk' with me. She did it in a really sneaky way where she started talking about the first time she left home aged fifteen (to go to the Isle of Man with her cousin Mags). She struck up a friendship with a boy from Liverpool named Steven.
'Steven was more experienced than me,' she said.
'Shut up, Mam!' I replied, I could feel my cheeks going red.
'He wanted to *experiment…*,' Mam continued.
'Seriously, shut the hell up,' I said.
'All I am saying is don't do anything that you're not fully comfortable

with.'
'Oh my God, I am leaving if you don't stop talking,' I warned her.
Why do parents insist on making their children's lives one giant embarrassment?
After lunch Mam popped into Keelings Travel Agent. She was there for AGES. How difficult is it to book a bus ticket to Carraroe?

DÉ LUAIN 20Ú MEITHEAMH 1994

Another letter from the Irish College arrived in this morning's post. It is called Coláiste Chormaic. There was a brochure that had black and white photos of miserable looking children playing basketball and céilí dancing. Ugh.
I'm staying in Tigh Veronica and the bus is leaving from the Spa Hotel in Lucan this Friday. It is all getting very real.

DÉ MÁIRT 21Ú MEITHEAMH 1994

Olivia came up with the perfect solution to my Irish College problem. She asked me to run away to France with her. She is pretty sure that Guillaume has single friends that I could fall in love with. She already has a spare beret so we would pose as French girls. We could go to Paris and see the Eiffel Tower and eat baguettes. She bought a phonecard and called Guillaume. Her French isn't very good and his

English isn't very good but they speak the language of love.
My Grandad is always telling me to live dangerously. Is this one of those times?
I have to admit I was seriously considering going to France. Olivia was making a surprising amount of sense but I was worried that, once I get there, I'll just spend the time watching Olivia French-kissing her fella. Then Olivia said we could be like an Irish version of *Thelma & Louise*. I was horrified at the thought, Olivia clearly didn't watch that film to the very end. No thanks.
Olivia is thinking of going to third base with Guillaume when they meet up. I don't know what that is but it sounds risky.

Dé Céadaoin 22ú Meitheamh 1994

I told Olivia I couldn't go to France because my passport is out of date. It's a white lie as Nana says.
I got my hair cut for the Gaeltacht. I brought in a copy of *Smash Hits* magazine and asked the lady to give me a Rachel. She ended up giving me more of a Monica but at least it's not a Phoebe.

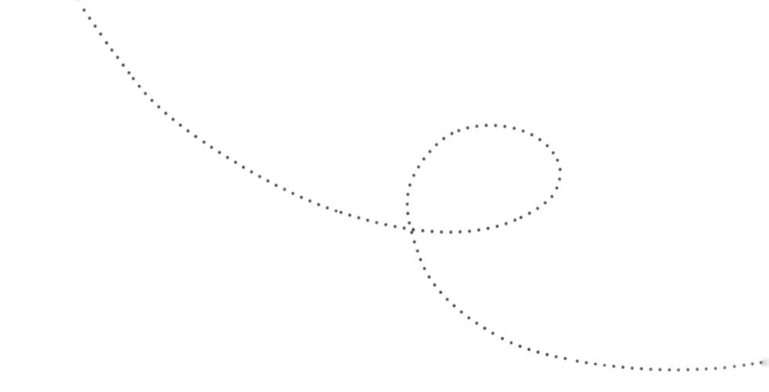

THE MOHAWK
THE UNDERCUT
THE TINTIN
THE KYLIE
THE RACHEL
CUT BY MAMMY
THE MULLET
JUST HAD NITS
THE MONICA
PUNKY
BREWST

DÉARDAOIN 23Ú MEITHEAMH 1994

Olivia arrived over with a care package for me. Ten Smiley bars, a packet of Lovehearts and a mixtape she made. I am so lucky to have a best friend like her. She helped me pack my suitcase.
I wrote a list of what I'm bringing:

Jeans x 4
(Pepe blue / Lee / Levi's 608 / Pepe white)
Dungarees x 1
Tops x 6
(including lucky string top with flower on the front)
Crop Tops x 3
Turtlenecks x 3
Jumper
GAP Hoodie
Lee Denim Shirt
Swimming togs
Lumberjack Shirt
Towel x 2
Hairdryer
Socks
Underwear
Black bra and black knickers with heart
Make up -
Foundation, Rimmel silver liquid eyeliner, and candy pink lip balm and all my nail varnishes
White O'Neill's
Tracksuit bottoms
Flip flops
Moon Boots
Strappy Black Sandals from Unique in the Ilac Centre
Putrid Yellow Rainjacket
Walkman + Nirvana tape
Diary
Hardback Notebook and pencil case
Toiletries (deodorant, shampoo, conditioner, shower gel, toothbrush, toothpaste, CK1, DON'T FORGET CLEARASIL!)
Converse
New Pepe Denim Jacket

I couldn't close the suitcase. Out came one pair of jeans, three tops, my Converse and the rainjacket. With Olivia sitting on top, I just about managed to shut it.

After all that effort, I decided to do a quiz from my *Smash Hits* magazine with Olivia. It was called 'How Well Do You Know Your Boyfriend?'

It turns out Olivia doesn't know Guillaume's favourite food, or TV show or even what football team he supports. She started getting teary and admitted that she is in a serious fowler with Guillaume because he never phones her, she always has to call him. She wants him to make some effort for a change!

She is cooling on the idea of going to France – phew!

I had a bath. I decided to shave my legs using Dad's razor. Big mistake. There was blood everywhere. My legs are now covered in little cuts. Gross. And stingy. I was going to wear my new jean shorts tomorrow but I'll have to wear my dungarees.

DÉ hAOINE 24Ú MEITHEAMH 1994

Nana came over this morning to say 'slán'. When Mam was hanging the washing on the line, Nana slipped me a fiver and warned me that boys are only after one thing and that I shouldn't settle for the first Tom, Dick or Harry that shows a bit of interest. 'I'm talking from experience!' she

said. 'There's no harm doing a bit of window shopping.'
She also made me promise her that I wouldn't drink cider, lager or vodka. 'Real women drink Pernod,' she asserted.
Mam drove me to the Spa Hotel in Lucan to get the bus to the Gaeltacht. There were lots of kids there. These are going to be my classmates for the next few weeks. I could feel the tears coming. Mam saw and put her arm around me, 'I'm going to miss you too but the time will fly.'
'I'm crying because I don't want to go, not because I'll miss you!'
A few múinteoirí were waiting to greet us.

1. Eileen is really old, like probably forty... she is stout, bossy and scary!
2. Áine Máire is younger and was also wearing dungarees. She is very smiley and looks like the mother mouse in *Secret of Nimh.*
3. Gearóid is even younger, he wears sunglasses, Levi's and a white Aran Jumper. Mam said he was throwing a lot of shapes (whatever that means). He is a total ride.

I met the cúntóirí who are like teachers but they don't teach. They're all around 18 or 19. There was Dairíne, Liam, Oonagh and Peadar.
I got a tap on the shoulder.
'Ní raibh a fhios agam go raibh tusa ag teacht chuig an nGaeltacht.'
I couldn't believe my eyes. Sandra Boyle. Could this trip get any worse?
Mam chatted with Sandra's Mam as Sandra rabbitted on at me.
'Tá sé seo, like, chomh crazy,' she said.
Sandra is the fourth most annoying girl in my year. She gets A's in everything. She's the one who always reminds teachers if they forget to give us homework.
I pretended I was really happy to see her. I wasn't.

It was time to say goodbye to Mam. 'Did you know that Sandra Boyle was coming?' I asked. 'Gaeilge anois, Emily,' Mam replied giving me a hug. It wouldn't surprise me if Mam and Sandra's Mam were in cahoots. Mam started to tear up as I loaded my suitcase on the bus.
'Mam, don't you dare embarrass me any further!' I said as I got on the same bus as the hot múinteoir, Gearóid.
Sandra insisted on sitting beside me.
Life is so unfair.
There were a bunch of lads from Ballinteer who were sitting at the back of the bus and smoking. They are all clearly mates. They had a ghettoblaster and were playing Bob Marley. I sat up the front directly behind Gearóid.
Gearóid must have a blocked nose because he couldn't smell the smoke. Instead he kept saying, 'Déan deifir' to the bus driver and 'Cuir síos do bhróg!'

We stopped in Moate for a 'sos beag.' I noticed Gearóid hurrying to a nearby pub. My Dad was a teacher before he started working in politics. He said teaching nearly drove him to drink. I hope Gearóid's not an alcoholic.
The boys from Ballinteer invited us to go to Supermacs with them. One of the guys is called Jake. He's got an undercut. He's funny but quite hyper.
Then there's Ronnie, Paul, Conor and Barry. I didn't fancy any of them.
They all smoke John Player Blue. Ní bheidh, go raibh maith agat.

When we got back on the bus, Gearóid confiscated the ghettoblaster so he could listen to the second half of the Ireland match on Raidió na Gaeltachta. I didn't understand anything the commentator was saying but chaill Éire a dó a haon which means Ireland lost 2-1 to Mexico.

Sandra kept waffling to me (as Gaeilge!) so I said 'Tá tuirse orm' and I turned on my walkman and pretended to be asleep.

I listened to the mixtape Olivia made me. It's brilliant. Even though I've only been gone for three hours, I miss Olivia so much.

A — Noise Reduction — Equalizer — B

SIDE A	SIDE B
WHIGFIELD - SATURDAY NIGHT	CRASH TEST DUMMIES - MMM MMM MMM MMM
WET, WET, WET - LOVE IS ALL AROUND	CRANBERRIES - LINGER
DAVID BOWIE - REBEL, REBEL	AEROSMITH - CRAZY (BEST VIDEO EVER)
MARIAH CAREY - HERO	CULTURE BEAT - MR. VAIN
ACE OF BASE - ALL THAT SHE WANTS	BON JOVI - ALWAYS
R. KELLY - BUMP N' GRIND	BRYAN ADAMS - EVERYTHING I DO
SALT-N-PEPA - WHATTA MAN	GARTH BROOKS - THE RED STROKES

The drive to Carraroe took forever. I'd never been to Connemara before. It's very different. There aren't many trees or housing estates like in Leixlip.

We eventually reached the Coláiste at 6pm, where we met Príomhoide Caoimhín. He seems angry – why are teachers always angry? He told us, 'Téigí isteach sa Halla anois.'

We were divided into 'tithe' (houses) and had to sit together 'de réir bhur dtithe' on the dirty urlár.
I'm in Tigh Veronica with 8 other cailíní. Sandra is also in Tigh Veronica – yawn – then there's Clíona who is 16 and from Bray. She is a Grunger. There's Hannah and Emma who are best friends from Dún Laoghaire, they seem nice if a bit dumb. Jenny is from Oldcastle in Meath and she loves sport. She was wearing a Meath jersey. It did nothing for her. Felicity is from Delgany in Wicklow and is really ciúin. Then there are sisters Julie and Rachel from Swords.

The Fear an Tí came to collect our málaí with his tractor! We had to put our suitcases in the scoopy-bit of the tractor that was filthy.
The Fear an Tí's name is Liam and he has a bushy moustache which had a spaghetti hoop stuck to it. I hope the house is cleaner than his jeans, why don't Dads care about how they look?
We had to write out Rialacha an Choláiste in our cóipleabhair.

RIALACHA AN CHOLÁISTE

- Labhair Gaeilge an t-am ar fad
- Siúil i mbeirteanna ar na bóithre
- Bí dea-mhúinte i gcónaí ar scoil agus sa bhaile
- Cuirfear ar an liosta Béarla thú má labhraíonn tú abairt iomlán i mBéarla
- Má labhraíonn tú abairt iomlán i mBéarla arís, cuirfear glaoch abhaile
- Má labhraíonn tú abairt iomlán i mBéarla den tríú huair, cuirfear abhaile thú

We had to siúl to our house. It was two miles away. I should have brought my Converse with me. My flip flops are not suited for this kind of siúl. I got to know the other cailíní on the siúlóid. I'm the second eldest. Clíona was here last year so she was able to fill us in on everything.

Apparently we have to walk to and from the Coláiste three times gach lá. That's twelve miles a day! We have to walk even if it's ag cur báistí. I'm definitely going to need my Converse! And possibly that putrid raincoat.

Everyone spoke English on the walk home except Sandra (she is such an effort) but whenever a car drove past we pretended to speak Irish saying stuff like, 'Dia duit agus sea sea sea.'

We eventually reached the house and met the Bean an Tí. Veronica is ainm di and she seems an-deas although she wears this paisley blouse with leggings that nearly made me barf. When I become a mam, I am never ever going to wear leggings. Veronica has three páistí: Siobhán, 12, Maitiú, 8, and Pól, 3, who is so cute and can't speak any English!

Pól came over to me. 'Cén t-ainm atá ortsa?'

'Emily is ainm dom.' I was proud of myself that I could talk to a three-year-old.

Then he said, 'An bhfuil tú ag iarraidh peil a imirt sa ngairdín?'

I had no idea what he said so I replied, 'Tá mé i mo chónaí i Léim an Bhradáin.'

'An bhfuil tú ag iarraidh peil a imirt sa ngairdín, a dúirt mé!' he said, shouting somewhat.

'Is maith liom cáca milis ach is fearr liom uachtar reoite,' I replied.

Pól looked at me as if I had ten heads and then went out to play football

in the garden with his brother.
Veronica showed us to our seomra leapa. The four in our seomra are mise, Clíona, Felicity and Sandra. There are two bunk beds. I took the top bunk because bottom bunks make me feel claustrophobic. We unpacked. Jenny has four GAA tops with her. Sandra's Mam obviously packed Sandra's bag because everything was ironed, folded neatly and separated into different categories. My Mam really needs to get her act together and stop neglecting me.

'A chailíní, tá an suipéar réidh!' Bean an Tí shouted.
Suipéar was homemade cáca baile agus curranty bread. Goodfellas cheese pizza, chips and orange Miwadi. Not bad.
The Bean an Tí spoke to us in Gaeilge and in English. She kept saying, 'Ar feadh na dtrí seachtaine seo, is mise do mháthair' – 'Think of me as your mother.'
I would disown my mother if she wore that paisley blouse, I thought.
We hung around sa ghairdín. Jenny played peil with Maitiú and Pól. It turns out the buachaillí ó Ballinteer are in a house (Tigh Josie) across the road. Possible boyfriend among them? Watch this space.
Clíona brought me to sit with her on the 'carraig' which is this big rock in the gairdín. She is the only girl in the house who smokes. She wears oxblood doc martens, a lumberjack shirt, black leggings and an army jacket. She also has her srón pierced. I asked her if it was sore when she got it done?
She said it bled for about three days and it still does whenever she picks her nose.
Gross.
Later, the hot múinteoir Gearóid arrived. He sat us down in the

breakfast room and asked us, 'An bhfuil chuile shórt ceart go leor?' He explained Rialacha an Choláiste arís. We have to be 'sa rang ag a deich ar maidin'. He decided that Clíona would be Cinnire Tí (basically house captain) and that I would be Leaschinnire (vice-captain). I blushed a bit when Gearóid looked at me and said, 'Cén t-ainm atá ortsa?' I must have made quite the impression on him on the bus. My Dad is eight months older than my Mam. I wonder have I inherited her thing for older men?

After he finished, dúirt Gearóid, 'An dtuigeann sibh é sin?'

I was surprised I understood most of what he said except 'An dtuigeann sibh?'

We had to write a litir abhaile in Irish to tell our tuismitheoirí we arrived safely.

I kept mine brief.

'Tá mé anseo. Bhí an bus an-leadránach. Ba mhaith liom mo Converse ANOIS. Cooper, níl cead agat dul go dtí mo sheomra. Slán Emily.'

Dé Sathairn 25ú Meitheamh 1994

I was woken up by the Bean an Tí shouting, 'An bhfuil sibh in bhur suí, a chailíní?'

There was a massive queue for the seomra folctha. One bathroom between nine girls. This is what it must be like to live in communist Russia.

The rule is that the first up has the first shower. Whoever's waiting puts her washbag outside the door so there is a queue of washbags lining the hall.

By the time it was my turn to have a shower there was no hot water left. When I have my own house, I'm going to leave the immersion heater on all day!

I was late for bricfeasta or 'Tá tú déanach' as Bean an Tí kept reminding me (she is starting to sound like Mam!). Bhí cereal (cornflakes, rice crispies or weetabix) don bhricfeasta, toast agus tae. I could tell the cereal was Quinnsworth yellow pack because it was in tupperware instead of the original boxes.

The bainne here tastes really weird. I wonder if it's pasteurised or does it just come straight from the bó?

We walked the two miles to the Coláiste with the buachaillí ó Tigh Josie. I got chatting to a boy, Keith is ainm dó. He's from Naas. He said I was the spit of Clarissa from *Clarissa Explains It All*. Not the first person to say I look like Melissa Joan Hart.

I think I blushed a little but I was a bit out of breath with all the walking.

After I posted mo litir abhaile, ranganna started at 10am. Scoil ar an Satharn! No wonder nobody likes Gaeilge.

Eileen was our first múinteoir. She was teaching us nathanna cainte. There were a few useful phrases.

- Ní thuigim
- Céard is brí leis sin?
- Caithfidh mé
- Ceapaim / Ní cheapaim
- Is maith liom / Is aoibhinn liom / Is fuath liom
- An bhfuil cead agam? (I already knew that one).

Eileen said she's going to teach us a seanfhocal every day. 'Is fearr Gaeilge bhriste ná Béarla cliste' which means 'broken Irish is better than clever English'.
Bhí rang Gearóid craic go maith. He brought his guitar and taught us how to sing 'Amhrán na bhFiann' agus 'Bleán na Bó' (Milking the Cow):

D'éirigh mé ar maidin agus chuaigh mé ag bleán na bó
D'éirigh mé ar maidin agus chuaigh mé ag bleán na bó
– oh yeah!
Chuaigh mé ag bleán na bó.
Amhrán ar an sean-nós, a chasainn chuile mhaidin don bhó
Thaladh sí an bhainne 's bhínnse sásta go leor – oh yeah
Bhínnse sásta go leor.

So THEY DO drink unpasteurised bainne straight from the bó here! Yuck!
Chuir mé mo lámh suas. 'Céard í an Ghaeilge ar *disgusting*?'
'Déistineach.'
'Agus céard í an Ghaeilge ar *weird*?'
'Aisteach. Cén fáth?' arsa Múinteoir Gearóid.
'Bhí mé ag wonderáil.' I left it at that.
(I learned a good tip from Clíona in rang inniu. Say you don't know the Irish focal all you have to do is add *áil* onto any English focal.)
There was a sos beag tar éis rang Ghearóid. Everyone else seems to bí ag caitheamh tobac, should I start smoking?
The last two ranganna were spent rehearsing for Aifreann. They're making us go to Mass anocht! This really is hell on earth. I learned

that 'ifreann' means 'hell' and all you have to do is put an 'A' in front of it to make 'Aifreann' which means 'Mass'.
That can't be a coincidence.

Tar éis na ranganna, chuaigh muid abhaile don lón. But it wasn't lón. It was dinnéar. The Bean an Tí told us, 'Itheann daoine faoin tuath a gcuid dinnéir i lár an lae.'
Aisteach.
Tá an bia anseo ceart go leor.
First there was anraith. Then a roast. Nobody was quite sure what the meat was. I thought lamb. Sandra said pork. Clíona is a feoilséantóir (vegetarian) so she got fish fingers. I might tell Bean an Tí that I'm a feoilséantóir too. Dessert was uachtar reoite with melted Mars bar. An-bhlasta! Afterwards Clíona and I had to nigh na soithí which means wash the dishes. Bean an Tí put up a roster and we each take turns. Chuir mé ceist ar Bhean an Tí, 'Cén fáth nach bhfuil dishwasher anseo?'
'Tá dishwasher anseo, an bheirt agaibhse,' agus thosaigh sí ag gáire.

Sometimes it feels like I'm Alice and I've fallen down the rabbit hole into Wonderland. (I'm not saying this place is wonderful but it is full of daoine aisteacha.)

Differences between Connemara and Home:

- Every driver of every car waves at you here. Imagine people doing that on their way to work in Dublin? The traffic would be chaotic.
- The ballaí are all made from stone, they look like they could fall at any minute.

- Everybody speaks Gaeilge.
- Ólann siad bainne straight from the bó.
- There's no footpaths.
- Instead of salt they use Aromat, it's kind of a yellowy salt and it's deelish.

Tar éis an dinnéir, chuaigh muid go dtí An Pota Óir. It's a chipper near the Coláiste agus tá seomra out the back with a pool table, juke box agus space invader computer game. The place was jammers. Everyone from the Coláiste was there. Sandra insisted on linking arms with me like we were best mates. I eventually lost her and got talking to Keith for ages. We're both from Cill Dara so we have lots in common. He smells of Lynx Africa and looks like Zack Morris from *Saved by the Bell*. He did a very funny impression of Eileen which made me snort and gáire os ard, which was a bit embarrassing.

Ag 3pm chuaigh muid go dtí an pháirc le haghaidh spóirt. We were supposed to be ag imirt peil Ghaelach, cispheil agus cluiche corr (rounders). I didn't play anything, instead shuigh mé on the grass le Clíona, Keith agus Eoin (buachaill eile ó Tigh Josie). Bhí Eoin anseo last year le Clíona. Níl cead aige a bheith ag imirt spóirt because he has asthma and wears thick glasses. Eoin is pissed off because lots of people who said they were coming again this year booked to go on Cúrsa C in August and didn't tell him.
'I mustn't have gotten the memo,' he said arís is arís eile.
There are 191 students on Cúrsa B. 86 cailíní agus 105 buachaillí. I like those odds!

Tar éis dúinn siúl abhaile for tae (ispíní agus waffles – blasta!) I wanted to have a shower but there was no hot water.
Chnag mé ar dhoras na cistine.
'Tar isteach!' a scread Bean an Tí.
D'oscail mé an doras. 'Sea, Emily, a stór, céard atá ort?'
'Ba mhaith liom showeráil más é do thoil é ach tá an t-uisce fuar.'
'Cith,' arsa Bean an Tí. 'Ba mhaith leat cith a thógáil? Abair é sin.'
'Ba mhaith liom cith a thógáil más é do thoil é go raibh maith agat,' a dúirt mé, 'tá an t-uisce fuar agus tá mo ghruaig… salach…'
I couldn't believe that I was able to speak Irish.
'Maith go leor, cuirfidh mé an t-*immersion* ar siúl duitse. Ach bíodh sé ina rún againn, ceart go leor?' arsa Bean an Tí with a wink.
'Céard is brí le rún?' arsa mise.
'Secret,' a dúirt sí.
'Ceart go leor! Rún! Go raibh maith agat!'
'Cailín maith,' arsa Bean an Tí and she went to put on the immersion for me. My Dad's job is basically to convince politicians to do things they don't want to do. He gets a real kick out of it when it works. Now, I understand how he feels.
Bhí cith álainn TE agam!
Bhí muid ar ais ar an gCeathrú Rua chun dul go dtí an séipéal. Bhí an tAifreann ag 7pm.

Ag an séipéal, there were lots of muintir na háite (locals) who were staring at us as though we were aliens who landed from a distant planet. The local buachaillí mostly wear maroon GAA geansaís agus Dunnes Stores jeans. Someone should introduce them to *Eclipse* jeans and *Xworks* turtlenecks like what Keith wears.

Neither Jake or Felicity had to go to Aifreann. Níl a fhios agam cén fáth. Príomhoide Caoimhín took them back to the Halla agus bhí cead acu péinteáil a dhéanamh. Jake painted a pictiúr of Eileen ina suí ar an leithreas. He's quite immature. (I must find out the Irish for immature.)

Shuigh Keith in aice liom ag an Aifreann. Bhí an sagart an-leadránach, he droned on agus on. I looked over at Gearóid agus bhí na súile dúnta aige. He was either praying really hard or bhí sé ina chodladh. Not sure which. I saw Eileen nudge him. D'oscail sé a shúile arís.

When I queued up to get Holy Communion I noticed another strange thing about this place. I had to kneel down and the sagart gave me the body of Christ, straight onto my tongue. An altar boy, a freckly local with a curly mop of gruaig, followed and put this silver plate under my chin. The altar boy smiled at me. I couldn't smile back because my tongue was sticking out waiting for the Body of our Lord and Saviour Jesus Christ.

I noticed Keith said a lán paidreacha after communion. Should I be concerned that he commits a lot of sins? Or maybe he was praying to God that I would be his girlfriend ☺
Tar éis an Aifrinn, chuaigh muid go dtí an Halla. We had our first céilí.
Eileen picked mise agus daoine eile (including Keith) to be guinea pigs while she taught us the damhsa Ballaí Luimnigh.

She kept ag béicíl, 'Luascadh!' 'An-mhaith!' 'Casaigí timpeall!' 'Agus athraigí!'

D'fhoghlaim muid 'Droichead Átha Luain' agus 'Ionsaí na hInse' freisin. (Earlier, I learned how to say I learned – d'fhoghlaim mé!)

John Joe is the DJ agus tá sé an-ghreannmhar. Half way through the céilí he put on the ceol for the Guinness ad – the one of the man doing the funny dance while he waits for the pint to settle – Jake did a (pretty good) version of the damhsa. He also put on this amhrán called 'An Dreoilín' which I have to admit is quite a good song even if it's as Gaeilge. I'd say it could even reach the Top 20 if it was ever released in the charts.

At 9.15pm we had to stand agus canadh 'Amhrán na bhFiann.' That meant the céilí was críochnaithe. Príomhoide Caoimhín came in agus listened to us ag canadh. Loads of people (including me) were miming because we didn't know the words. Bhí Príomhoide Caoimhín feargach. Dúirt sé, 'Téigí abhaile agus bíodh gach focal de ghlanmheabhair agaibh amárach!'
We have to know it off by heart amárach.
It drizzled agus muid ag siúl abhaile leis na buachaillí ó Tigh Josie. I wanted to ask Jake and Felicity why they didn't go to Aifreann but Nana always gives out to me for being nosy.
Príomhoide Caoimhín drove past us. He stopped. Got out of the carr agus thosaigh sé ag béicíl, 'Siúlaigí i mbeirteanna ar an mbóthar.'

Keith was my beirt. We chatted about how we both hate our families. His tuismitheoirí are separated. His Dad has a new girlfriend from

Italy. His mother is very upset about it and has banned the family from eating pizza. It sounds uafásach. I'm glad Keith feels like he can talk to me about this kind of stuff.

We all hugged oíche mhaith when we reached ár dtithe. We get to have a lie in amárach. Níl aon ranganna ar siúl agus we don't have to be ag an gColáiste until 3pm. Go maith!

Bhí suipéar againn – curranty bread (an-bhlasta) agus tae. Ólann siad a lán tae anseo.
Tháinig Bean an Tí isteach sa seomra leapa ag a 11pm.
'Oíche mhaith a chailíní, codladh sámh,' she said as she turned off the lights.
I don't know why but I fell straight to sleep.

Dé Domhnaigh 26ú Meitheamh 1994

'Mol an óige agus tiocfaidh sí'
If you praise kids they will respond more to you. This is 100% true.

Felicity is a Protestant. Jake freisin! That's why they weren't at Aifreann.

Níor bhuail mé le Protestant roimhe seo. She seems exactly the same as us except her surname is a double barrel 'Bond-Hall'. She's also very shy so I'm going to make an extra effort to make her feel part of the gang. I think I'll let her borrow some of my éadaí. She could use a bit of a Ricki Lake Makeover.

Bhí anraith oxtail againn don dinnéar (I wonder what oxtail is? It tastes like gravy), some aisteach lump of meat – sicín?, uachtar reoite agus apple crumble.
Bhí an ghrian ag taitneamh go hard sa spéir. Príomhoide Caoimhín phoned agus dúirt sé go mbeidh muid ag dul go dtí an trá inniu instead of cluichí. Iontach! Unfortunately my legs haven't healed yet from my shaving debacle. Ní féidir liom dul ag snámh inniu.

Bhí an trá go hálainn. Chuaigh gach buachaill ag snámh. I'd say chuaigh half the cailíní freisin. Most cailíní wore a t-léine over their swimming togs except this girl from Portlaoise who wore a pink bikini! Ó Mo Dhia!

It's official. I fancy Keith. I wouldn't say I'm i ngrá yet. I have no idea if he likes me. It's so difficult to tell. He talks to me for ages but then he also talks to a lán cailíní eile. I wish there was a way you could send someone a brain message that you fancy them and they'd send you one back that they fancy you. Life would be so much simpler.
The buachaillí ó Tigh Josie (including Keith) all grabbed Jenny and threw her into the sea. Then there was a huge water fight. Jenny was loving all the attention – agus tá a lán bruises ar a cosa mar imríonn sí peil Ghaelach agus she didn't seem to be self-conscious!
I wish Keith was throwing me into the sea.

The múinteoirí agus cúntóirí are always around so we have to déan iarracht Gaeilge a labhairt. Tá Clíona go maith ag caint ach bhí sí

anseo last year.
Dúirt sí liom, 'Cuir ceist air.'
'Ní thuigim,' a d'fhreagair mé.
'Keith. Tá sé chomh obvious go bhfuil suim agat ann.'
'Céard is brí le "suim agat ann?"' (I was amazed I remembered that from Eileen's class, maybe she's not such a bad teacher?)
'Tusa agus Keith, le chéile,' arsa Clíona. I denied it but I went all ciúin – was I being that obvious?

Bhí sé in am dul abhaile ansin.
The buachaillí were changing and Ronnie (scrawny, traintracks looks a bit like Damien from *Home & Away*) had a towel around his waist getting out of his togs. Jake whipped the towel off him agus bhí Ronnie ag seasamh ansin, butt naked. He managed to cover his you-know-what but a lot of people (including me) saw his tóin!
I was shocked.
It's the first time I've ever seen a boy's bum. (Not including my brother or cousins.)
It never occurred to me when I woke up this morning that today my innocence would be taken away from me. Ach sin mar a tharla.
What an absolute shamer for Ronnie. If that happened to me, I'd move to Australia.

Bhí Eileen an-fheargach! She gave out stink to Jake for jocking Ronnie. Dúirt sí, 'Bí ag an oifig ag a seacht a chlog.'

Bhí ocras an domhain orm nuair a tháinig mé abhaile ón trá. Bhí chicken nuggets agus sceallóga prátaí againn le haghaidh tae.

Bhí sé go hálainn ach ansin dúirt Clíona liom, 'You know they use bits of beak and feet to make those nuggets, right?'
I lost my appetite. Sandra finished my nuggets.

When we got to the Halla, the cúntóirí had put up this giant sheet of páipéar ar an mballa called 'Balla an Ghrá'. There was a big heart on it agus when you fall i ngrá your name goes up on the balla. An mbeidh m'ainm ar an mballa?
Jake was missing from the céilí. Rumours were flying around that he was being sent abhaile.
Bhí Sandra agus cúpla cailín eile totally flirting with Ronnie. They were laughing at everything he said. Maybe getting jocked and showing everyone your bare bottom isn't such a bad thing after all?
At discos in Leixlip, most buachaillí don't dance, there's a few who clearly watch Ray Cokes' *Top Five at Five* on MTV and learn the Prodigy moves off but the rest of the buachaillí just stand at the side and stare at us cailíní. Except when 'Jump Around' by House of Pain comes on. Then everyone hits the dancefloor and starts moshing.
The céilí is a bit like a disco that just plays 'Jump Around' on repeat. All the buachaillí have to dance – no excuses – so it's actually great craic!
Roimh an gcéad damhsa, they make all the buachaillí line up in a líne and all the cailíní line up in another líne. Single file. Then you have to siúl to the top like you're in the army and turn. The first buachaill in line dances with the first cailín in line. Whoever you're matched with is your dancing partner but you can swap tar éis an chéad damhsa.
I only danced with Keith uair amháin anocht.
The older I get the more I realise that, sometimes, life just isn't fair.

During the sos, chuaigh Sandra taobh thiar den bike shed le Ronnie. When they arrived back into the Halla, bhí siad lámh le lámh. Everyone whistled and cheered. Chuir Cúntóir Dairíne a n-ainmneacha suas ar Bhalla an Ghrá.

Sandra looked chomh smug. Tá brón orm ach is fuath liom í! Two other couples were added to Balla an Ghrá before the end of the céilí. I looked over at Keith to see if he was looking at me (which is a sure sign a guy fancies you) but he wasn't. He was playing slaps with Eoin.

Tháinig Príomhoide Caoimhín isteach le Jake. It looked like he had been crying (Jake not the Príomhoide). His súile were all dearg.

After that we sang 'Amhrán na bhFiann'. Bhí Príomhoide Caoimhín ag siúl timpeall making sure we all knew the words. I could feel an attack of the giggles ag teacht orm. I pinched myself in the thigh to stop myself from bursting out ag gáire. Luckily he came over to me as the song ended and I sang, 'Seo libh canaídh Amhrán na bhFiann.' Bhí sé sásta leis an iarracht. 'Maith sibh,' a dúirt sé.

Ar an mbealach abhaile, chuaigh muid go dtí An Pota Óir le haghaidh sceallóga prátaí. 90p for a bag of chips – much cheaper than back home. Jake denied he was crying, he said his hay fever was at him. He filled us in on what happened insan oifig. Príomhoide Caoimhín phoned Jake's parents and threatened to expel him. Things got worse when Príomhoide Caoimhín found out that Jake isn't a Protestant – he was only pretending to be one to get out of Aifreann.

Jake begged, 'Don't send me home, please' and to add insult to injury he was put on the Liosta Béarla.

He was told he's on his last chance. One more misstep agus beidh sé curtha abhaile. Tá 19 lá fágtha. Jake said he's never gone 19 days

RONNIE
agus
SANDRA
Go Deo!
Balla an Ghrá

without misbehaving before. He doesn't think he can make it. Keith and I made a bet that he will be curtha abhaile. Keith said no, I said yes. If Keith loses he has to dance with Eileen and if I lose I have to let him give me a Chinese burn.

Dé Luain 27ú Meitheamh 1994

'Is fearr an tsláinte ná an táinte'
Health is better than wealth. Not sure about that one, if you were rich you could just buy your own hospital.

Shiúil mé beirt le beirt le Keith go dtí an Coláiste arís ar maidin. Last night, Clíona was on at me again to ask him out. As if! It's the guy's job to make the first move. Why won't he make a move?
I hope he makes his move soon.
Chuir mé ceist ar Mhúinteoir Gearóid sa rang inniu. 'Céard í an Ghaeilge ar "first"?'
'Céad,' a d'fhreagair sé.
Ansin, dúirt mé, 'Céard í an Ghaeilge ar "move"?'
'Bog,' a dúirt Gearóid.
I looked over to Keith hoping he would pick up on my clever hints but he was trying to balance a pencil on his srón. Ah well.
Gearóid taught us some curse words inniu.
Bitseach (bitch)
Bastard (bastard) easy to remember
Slíomadóir lofa (dirty snake)

Cac (shit)
I rang Áine Máire d'fhoghlaim mé rud suimiúil. Some words in Irish have almost the same spelling but mean the opposite. Mar shampla:
Sona = happy. Dona = bad.
Saoirse = freedom. Daoirse = enslavement.
Dorcha = dark. Sorcha = light.
Daor = expensive. Saor = free.
Sochreidte = believable. Dochreidte = unbelievable.

Tar éis na ranganna, bhí muid ar fad sa Halla.
It was time for litreacha. It's Peadar's (cúntóir) job to hand out the post.
Thosaigh na buachaillí ó Tigh Josie ag canadh 'Fear an Phoist Peadar, Fear an Phoist Peadar' to the tune of 'Postman Pat'. Everyone joined in. Bhí sé an-ghreannmhar. Poor Peadar took such a redner. An fear bocht.
Ní raibh aon litir ó mo thuismitheoirí. I will never forgive my parents for abandoning me like this.

Gearóid announced that he has organised a mini-Corn an Domhain (World Cup) between 2.30 agus 3.30 gach iarnóin but guess what, níl cead ag cailíní imirt. Buachaillí amháin.
No girls!?
As someone who is seriously considering becoming a feminist I am totally outraged.

Tar éis dinnéir, chuaigh muid go dtí an pháirc to watch the football tournament. Bhí Jenny an-fheargach freisin but she really wants to

play. I don't want to play but I want to have the option to. Clíona said Gearóid did the same thing anuraidh agus bhí cúpla cailín feargach faoi but nothing changed.
Is cuma liom, I'm going to organise a petition.
I can't believe I used to think Gearóid was good-looking. Tá sé déistineach.

I got 19 signatures including Keith who agreed it was terrible but still played because otherwise the other team would have an extra player. Fair enough.

Anocht ag an gcéilí, tháinig Gearóid chugam. 'Cén chaoi a bhfuil tú, Emily?' ar sé.
Dúirt mise, 'Céard í an Ghaeilge ar sexist pig?'
'Muc gnéasaíoch,' a d'fhreagair sé.
'Tá tú muc gnéasaíoch,' arsa mise.
'Ní hea, is muc gnéasaíoch thú,' a dúirt sé.
I couldn't believe he chose now to correct my gramadach.
Is muc gnéasaíoch é.

Some local kids came to the céilí tonight including the altar boy from Aifreann. He looks different without the red and white gúna thing on. He said 'Dia Duit' to me when I went out to the clós during the sos.

The buachaillí from the Coláiste were not happy that locals had come down into their territory (an Halla). Jake and the others were making 'baa' noises (like sheep) which, while funny, was very immature or

'páistiúil' (chuala mé Múinteoir Eileen ag rá an fhocail sin).
The locals were shouting, 'Tar anseo agus abair é sin'. Eventually Eileen moved them on to loud cheers from everyone except me. Cheap mise nach raibh sé go deas, cruel even, this is their Halla after all, also I wanted to dance with the altar boy in order to make Keith so jealous that he'd have no choice but to make the first move.
Tá cailín darb ainm Fiona i mo rang. Is as Portlaoise di (the boys call her bikini girl). She is quite pretty in an obvious kind of way but Ó Mo Dhia she is the biggest flirt EVER!
Let me explain.
Sa Halla tá binsí that run up along the sides of two of the ballaí. That's where we suí síos when we're waiting for our litreacha or whatever. Fiona is always sitting on some buachaill's knee. Even if there is a space beside the guy she'd plonk herself on his knee. She does it to everyone. She also wears string vests and her bra strap always falls down to her elbow and she is constantly fixing it. *We get it! You wear a bra!* I hope buachaillí aren't so stupid as to fall for that. As Nana says, 'She has no shame.'

During the céilí, there is a dance that is rogha na mbuachaillí agus another one that is rogha na gcailíní. That basically means that a buachaill gets to ask a cailín to damhsa or vice versa. You have to say yes if you're asked. Sin é an riail.
It was time for rogha na gcailíní and I was looking for Keith so I could cuir ceist air. Ní fhaca mé é in aon áit. Cá raibh sé? Probably insan leithreas...
What I never thought was that he would be already on the dance floor with Fiona.

An bhitseach!

I ended up ag damhsa le Jake.
I asked him how he was getting on with the staying out of trioblóid.
He said that he wasn't having any fun anymore and didn't see the point to life.
He sounds depressed.

Níos déanaí bhí rogha na mbuachaillí ar siúl. Fiona was sitting on Keith's knee so he had no choice but to ask her.
Fós, bhí mo mhothúcháin gortaithe.
Go tobann, the altar boy came over to me.
'Céard is ainm duitse?'
I sometimes get verbal diarrhoea when I'm nervous. For some reason I was a bit nervous.
'Emily is ainm dom agus tá mé cúig bliana déag d'aois. Tá mé i mo chónaí i Léim an Bhradáin i gContae Chill Dara. Tá deartháir amháin agam agus níl aon deirfiúr agam. Is maith liom a bheith ag snámh, ag dul amach le mo chairde agus ag dul go dtí an phictiúrlann.'
I stopped to draw breath. He had a smirk on his face.
'Ar mhaith leat damhsa?' arsa sé.
'Mise?' arsa mise, bhí ionadh orm. Even though Eileen had told the locals to 'Téigh abhaile', this buachaill had risked life and limb to return into the lion's den and ask me to dance! Such bravery!
'Ceart go leor,' a dúirt mé.
Thosaigh muid ag damhsa le chéile. I made sure go raibh muid ag damhsa in aice le Keith agus Fiona so he would realise I wasn't some pathetic girl who was pining after him.

Clíona was ag damhsa with another local lad, Tomás, who I've seen driving a tractor around even though he couldn't be more than 15. The altar boy is sound. Cian is ainm dó. He only spoke Irish. I wonder if he can speak English?
I apologised on behalf of the buachaillí about the sheep noises. He said they were 'Jeaicíní lofa'. Eileen spotted us ag damhsa and I was sure I would get in trioblóid ach ní dúirt sí aon rud. Tar éis an damhsa bhí sé in am d'Amhrán na bhFiann. Bhí an céilí thart.
'Deas castáil leat, Emily ó Chill Dara,' a dúirt Cian agus d'imigh sé.

Ar an tsiúlóid abhaile, Clíona told me she gave Tomás the shift in the bike shed behind the cúirt cispheile. She moves fast. An-tapa.
Keith was acting weird towards me anocht. Ní thuigim buachaillí.

Dé Máirt 28ú Meitheamh 1994

'Beatha teanga í a labhairt'
Speaking a language gives it life.

Ní raibh cith ag Clíona since we got here. Is maith liom í ach Ó Mo Dhia!

Fuair roinnt cailíní i mo theach litreacha inniu agus inné. Mise? None. Tada. Faic. I can tell people are looking at me thinking, 'Céard é an scéal le Emily? Is she an orphan? Nobody ever writes to her.'
Maybe I should post a letter to myself...

I decided the best way to receive letters was to write a few. Thosaigh mé ag siúl abhaile when I remembered I needed stampaí. I turned back to the Coláiste agus chuaigh mé go dtí oifig Phríomhoide Caoimhín.
The door was locked.
Chnag mé ar an doras.
'Nóiméad amháin,' a dúirt Príomhoide Caoimhín. He seemed panicked.
Tar éis, b'fhéidir, tríocha soicind, d'oscail sé an doras.
Bhí sé saghas dearg san aghaidh, as if he'd been exercising – the same way my Dad looks when he comes home from five-a-side soccer on a Wednesday.

Bhí an cúntóir Dairíne san oifig freisin. She didn't make eye contact with me.
'Céard atá uait?' arsa Príomhoide Caoimhín liom.
'Ba mhaith liom stampaí, más é do thoil é,' arsa mé.
'Fan anseo.'
He went to his desk and gave me a roll of deich stampaí.
'Cé mhéad?' arsa mise ag oscailt mo sparáin.
For some reason he was in a hurry.
'Tabhair dom an t-airgead níos déanaí. Déan deifir abhaile, maith an cailín.'
Dhún sé an doras arís. I heard him lock the door.

Tar éis dinnéir, scríobh mé litir chuig Mam, Dad, Olivia, Nana, Auntie Helen, Hilary agus Cooper.
One of them has to write back to me especially as I ended gach litir le 'Scríobh ar ais chugam!!! Anois!!!'

Instead of spórt inniu bhí cead againn breathnú ar an gcluiche Éire V Norway i gCorn an Domhain. It was the perfect opportunity to get more signatures for my petition.
People kept shouting at me to get out of the way of the teilifís. Mar a deir m'athair go minic, people are always resistant to change.
Chríochnaigh an cluiche 0-0 but Ireland qualified for the next round.
Bhí áthas ar gach duine agus bhí muid ag canadh, 'We're all part of Jackie's army.'
Bhí Eileen feargach. Bhí sí ag scairteadh, 'Stop an Béarla, stop an Béarla anois!' but we all kept ag canadh louder and louder.
'And we'll really shake them up, when we win the World Cup 'cause

Ireland are the greatest football team!'
Céard atá Eileen a dhul a dhéanamh? Ainm gach duine a chur ar an liosta Béarla?
Ní dóigh liom é!

I got 74 ainmneacha on my petition. Iontach! A landslide mar a deir Dad. Thug mé an liosta do Mhúinteoir Gearóid. D'fhéach sé air agus thosaigh sé ag gáire.
'Breathnaigh arís air,' a dúirt sé liom.
I looked at the petition again and noticed na hainmneacha: Bart Simpson, Donald Fisher, Albert Reynolds, Punky Brewster. Tá na daoine i mo rang chomh páistiúil!
Reluctantly, I decided to abandon the petition idea.

Keith was still acting aisteach towards me anocht. Ní raibh muid ag siúl le chéile chuig an gColáiste inniu. Shiúil sé le Jenny agus bhí sé ag caitheamh geansaí Glasgow Celtic which was quite off-putting. Maybe we are not meant to be together. There's plenty more fish in the sea although with over-fishing, that seanfhocal doesn't make a lot of sense. I think I will join Greenpeace when I'm older. I'm passionate about not eating fish (especially as all fish, except fish fingers, is rank).
Ag an gcéilí, bhí Keith ag damhsa le Jenny. I was hoping the altar boy, Cian, would arrive ach níor tháinig sé. It was rogha na mbuachaillí and there is always a mild sense of panic amongst the cailíní to get picked by the best buachaillí.
To my complete and utter shock, ionadh an domhain, tháinig Keith trasna chugam. Bhí Múinteoir Áine Máire ina seasamh in aice liom mar sin labhair Keith i nGaeilge liom.

'Ar mhaith leat damhsa?' a dúirt sé.

'Eh, ceart go leor,' arsa mise.

Bhí sceitimíní orm!

Bhí muid ag damhsa le chéile until the final dance which was Damhsa na nDealbh (musical statues).

What's so special about Damhsa na nDealbh is that John Joe calls the winning couple up onto the stáitse and they are given a Twix to eat. Le chéile.

The twist is you have to eat it like the way the dogs from *Lady and the Tramp* eat spaghetti. The buachaill starts eating one side, the cailín the other, and you meet in the middle and, well, meet.

Thosaigh Damhsa na nDealbh le 60 couples.

There are always some who deliberately 'move' so they don't end up having to shift someone they don't fancy. The múinteoirí agus cúntóirí are the judges to see if you're moving and they try to put you off by tickling you or blowing into your ear.

After a few rounds there were only cúig couples fágtha. Keith and I were the only couple who weren't on Balla an Ghrá so the odds were stacked against us.

I've never wanted to win something more i mo shaol. Go tobann, I had this new competitive streak. This is what it must be like for Sonia O'Sullivan running the 3,000 metres against those Chinese girls.

It was written in the stars. Keith and I would win, we'd go on stage, pretend to be shy, giggle, then unwrap the funsize Twix. We'd eat it, slowly, gazing into each other's eyes and then shift for, like, thirty minutes. Everyone would applaud us and by the time we'd finish we'd see that our ainmneacha were ar Bhalla an Ghrá.

I could tell that's what he wanted too.

We were both being really really dáiríre. The dance was a waltz, bhí Eileen ag rá, 'A haon dó trí, a haon dó trí, a dó dó trí…'

Keith's footwork was very impressive – all that football he plays in the sexist tournament has its benefits I guess.

As the damhsa went on, couple after couple were eliminated.

The last two couples fágtha were us i gcoinne Ronnie agus Sandra.

They clearly wanted to win too. It was getting tense.

Thosaigh an ceol arís. It went on for ages, I was trying to keep a súil on DJ John Joe and see when he made a move towards the CD player ach bhí sé deacair because I kept being spun around by Keith.

Ansin stop an ceol.

We froze.

Bhí na múinteoirí agus cúntóirí inspecting us, seeing if we were ag bogadh.

Go tobann, disaster struck.

Eileen took out a feather from her póca. She began to wave it under Sandra and Ronnie's srón.

Side note. I have a pathological fear of feathers. Mam thinks it's because I was chased by a goose in Dublin Zoo when I was a toddler but I think it's because my cousin Colm locked me in the hen house on my uncle's farm in Longford for an entire afternoon!

Either way, the mere sight of a feather will send me into full-blown panic. Chonaic mé Eileen ag teacht leis and I immediately broke away from Keith. I shrieked and flailed about as though a tarantula had fallen down the back of my hoodie. Thosaigh gach duine ag gáire. Even the múinteoirí. EVEN KEITH.

Obviously we lost. Bhí díomá orm. Sandra polished off the Twix and got off with Ronnie.

What was supposed to be the most romantic moment of my life turned into a total humiliation. I'm sure Keith thinks I am a complete loser.

Dé Céadaoin 29ú Meitheamh 1994

'Nuair a bhíonn an cat amuigh, bíonn na lucha ag rince.'
When the cat's away, the mice dance.

The Clíona not showering situation is getting out of control. She's beginning to smell – boladh uafásach – it reminds me of the rabbit hutch in our gairdín.
Sandra has many faults but B.O. isn't one of them. She had noticed the boladh uafásach freisin. Dúirt sí liom, 'Is tusa Leaschinnire an tí, caithfidh tú rud éigin a rá le Clíona.'
I casually offered Clíona some of my CK1. She declined, adding she wasn't interested in conforming to some advertiser's image of who she should be.
Chuir mé ceist uirthi an feminist í?
She said feminism was limiting.
Aontaím léi faoina lán rudaí ach I still think she should glan a bloody gruaig agus a corp!
Buíochas le Dia, she smokes Carrolls Reds, at least that masks the B.O.
Agus muid ag siúl go dtí an Coláiste, chuir Clíona ceist orm why I haven't shifted Keith yet. I repeated that it's a boy's job to make the céad move. 'Cheap mé gur feminist thú?' ar sise as she lit a toitín.

Níl aon litreacha agam fós. Not even from Nana fiú. This is getting absolutely ridiculous. Dochreidte ach sochreidte freisin! I am the forgotten child.

Tar éis na ranganna, bhí muid ag siúl abhaile. Bhí Clíona ag caint le Paul. Paul then called Keith over to him.
Bhí siad go léir ag caint for ages.
Nuair a bhí muid sa bhaile, Clíona told me that Paul asked Keith if he fancied me. Keith said yes!

Ní raibh mé ábalta aon rud a rá.
'Tá tú ag bualadh le Keith ag An Pota Óir ag a dó a chlog,' a dúirt Clíona. Thosaigh na cailíní go léir ag bualadh bos agus ag scairteadh. Rith Bean an Tí isteach agus bhí fearg uirthi. 'Bígí ciúin in ainm Dé! Tá Pól ina chodladh!'

I haven't felt this happy since my traintracks were taken off.
I could hardly eat – bhí mé chomh neirbhíseach.
I spent ages choosing the right outfit. What do you wear when you're about to have the most romantic moment of your life? Roghnaigh mé mo jean shorts, mo lucky string top with flower on the front, black bra agus mo gap hoodie which I casually tied around my waist. Bhí na cailíní really happy for me, even Sandra, who let me use her peppermint breath freshener which she got in Boots in Cardiff.
Ansin, chuaigh muid go dtí An Pota Óir. Bhí Keith ann. Bhí sé ag caitheamh bermuda shorts agus t-léine bán. Bhí sé ciúin. Coy.
Bhí muid inár suí around the pool table ach ní raibh Keith making eye contact with me agus ní raibh mise making eye contact with him. How does this work? It felt a bit forced. Awkward. Maybe it wasn't going to happen.
Eventually Clíona took me by the lámh agus thug sí mé amach go dtí an gairdín ar chúl.
Paul, Conor agus Ronnie dragged Keith amach.
'Ná bí dána,' a dúirt Clíona as she left us to it.
Keith looked into my eye. I into his. Súil le súil. It felt like time stood still. And then he leaned in and we kissed. Phóg muid. For ages.
The game thumb wars is played a lot here. Well, kissing Keith was like playing thumb wars but with our tongues. Tongue wars. I haven't

much experience ag pógadh buachaillí but once we stopped (after about half an hour) my jaw was wrecked!

Shiúil muid lámh le lámh go dtí an Halla le haghaidh spóirt. Cian the altar boy and the other locals were ag imirt cispheile sa chlós. I pretented I didn't see him but I noticed that when Keith saw Cian he put his arm around my shoulder as if to say, 'Téigh abhaile, is liomsa í!'
Bhí ár n-ainmneacha scríofa ar Bhalla an Ghrá nuair a chuaigh muid isteach.
The rest of the day was a love-filled blur.

DÉARDAOIN 30Ú MEITHEAMH 1994

'An rud is annamh is iontach'
That which is seldom is beautiful.

I made up an amhrán sa chith.

Is cuma liom faoi Clíona's B.O.
Is cuma liom faoi ranganna Eileen,
Is cuma liom faoin tsiúlóid mhór,
Tá mé i ngrá.
Is cuma liom faoin uisce fuar,
Is cuma liom faoin mbainne aisteach,
Is cuma liom faoin World Cup sexist,
Tá mé i ngrá.

Shiúil mé féin agus Keith go dtí an Coláiste lámh le lámh. We talked about our previous relationships. I was a bit taken aback to hear he had five ex-girlfriends. I lied agus dúirt mé go raibh beirt ex-boyfriends agam but really it was only one (Alex Doyle). And that only lasted dhá lá.

Nana says, you wait for ages for a bus and then three come along. (Ní thuigim an nath cainte seo. Why wouldn't you get on the first bus?)
Ar aon nós, inniu, fuair mé trí litir. I recognised Mam's writing immediately. Fuair mé litir eile ó Auntie Helen. Ansin, léigh Peadar an Cúntóir amach 'To the lash and village bicycle Emily Porter.' That's actually what Olivia wrote on the envelope. I'm surprised An Post delivered it. I am seriously considering writing a letter of complaint. Bhí gach duine ag gáire nuair a bhailigh mé mo litir ó Pheadar but being in love has suddenly given me a bit of confidence.
Is cuma liom céard a cheapann daoine eile.

D'fhan mé go dtí tar éis dinnéir chun na litreacha a oscailt. Mam encourages delayed gratification.

Fuair mé cupán tae agus shuigh mé ar an gcarraig sa ghairdín i m'aonar. Bhí an ghrian ag taitneamh. Bhí an saol go maith.
I'd never in a million years say this to Mam or Dad but bhí mé ag baint an-taitnimh as an saol anseo sa Ghaeltacht. Bhí an chraic nócha!

D'oscail mé an pacáiste ó Mham ar dtús. Bhí mo Converse ann agus an rainjacket lofa buí.

Emily, a stór,

Deas a chloisteáil uait. Tá sé an-chiúin sa teach gan tú. Ní haon ghearán é sin. Beidh Cooper ar laethanta saoire amárach. B'fhéidir go rachfaidh mé féin agus do Dhaid ar thuras beag leis.
Bíodh an-time agat sa Ghaeltacht, feicfidh muid go luath thú.
Le grá go deo,

Mam x

P.S. I found that sandwich in your lunch box. Go raibh maith agat.

There was no money but, still, it was nice to finally hear from the woman who brought me into this world.

Ansin, d'oscail mé an litir ó Auntie Helen. I love Auntie Helen but she has a very negative outlook ar an saol. Diúltach cosúil le Eeyore. Dad tends to get stuck into gardening whenever she calls around agus is FUATH leis gardening. I wonder if Mam invites Auntie Helen around to force Dad to do the gardening?

Sa litir, Auntie Helen told me how both she and her dog had been diagnosed with arthritis. She told me to be careful as she heard on the news that a murderer escaped from Castlerea Prison in Roscommon. She said that Roscommon is right beside Galway. She enclosed a cheque for 10 pounds. A cheque? Tá sí as a meabhair! Mad!

I saved the best letter until last. D'oscail mé litir Olivia.

Bhí sé 10 leathanach ar fad. Olivia has a habit of waffling!
The gist of it was that she has booked a ticket to go to France. She told her parents that she's staying in Suzanne Tucker's summer house in Roundstone. Her parents didn't even phone Suzanne's parents to check if it was true. How I wish I had tuismitheoirí like Olivia's.
She is going to get the high speed train to Nice and she'll be in Guillaume's arms by midnight. Chomh rómánsúil. Normally, I would try and talk Olivia out of something like this but now that I'm in love, all I want is for everybody to be in love.

Chuaigh muid go dtí an trá um thráthnóna. Chuaigh mé ag snámh le Keith. He dunked me in the water. The first time bhí mé ag gáire but by the fourth or fifth time I was getting kind of annoyed. D'ól mé a lán seawater. I didn't want to be accused of nagging him so ní dúirt mé aon rud.

Bhí na buachaillí áitiúla (Cian freisin) ag an trá inniu. Arís bhí a bit of tension san aer. Bhí Jake ag béicíl, 'Téigí abhaile, Muckers!'
D'fhreagair na buachaillí áitiúla, 'Seo ár mbaile, téigh ar ais go Dublin!'
Chuaigh Jake ag snámh agus bhí sé ag labhairt le duine de na buachaillí.

Bhí siad ag caint for ages! Níos déanaí, Jake told the other lads that he challenged the locals to a rumble tar éis Aifrinn ar an Satharn. If he is caught, beidh sé curtha abhaile. Cinnte.

Major scandal anocht.
Bhris Ronnie suas le Sandra. Well technically he didn't, he got Paul to tell her. Bhí Sandra thíos ag an gcarraig mhór sa ghairdín ag fanacht le Ronnie nuair a tháinig Paul. Dúirt sé gur maith le Ronnie í but not in *that* way. Thosaigh Sandra ag caoineadh agus rith sí isteach sa teach. Chuaigh muid ar fad go dtí an leithreas le Sandra agus dúirt muid 'He's not worth it' arís is arís eile. Chuala mé Bean an Tí ag rá, 'Gaeilge anois, a chailíní!'

Chuaigh muid go dtí an céilí agus thosaigh Sandra ag caoineadh arís nuair a chonaic sí go raibh a n-ainmneacha imithe ó Bhalla an Ghrá. It's weird but seeing Sandra chomh brónach made me like her a bit more. I guess she's human after all. I'm going to make an extra effort to bí go deas léi amach anseo.
I had a new appreciation for my relationship with Keith.
Amazingly, bhí ainm Ronnie ar ais ar Bhalla an Ghrá roimh dheireadh na hoíche. Ronnie agus Lyndsey (who has a lazy eye).
Dochreidte.

Ar an tsiúlóid abhaile, Keith officially asked me to be his girlfriend. Cailín cara. Of course dúirt mé 'Yes'. Phóg muid taobh amuigh de mo theach ar feadh 22 nóiméad go dtí gur chuala mé Bean an Tí ag glaoch, 'Is leor sin, tar isteach.'

DÉ HAOINE 1Ú IÚIL 1994

'Is binn béal ina thost'
Silence is Golden. Nana always says this. An Cheathrú Rua is a very quiet place.

I can't believe we've only been here a week. A lot of things can happen in a seachtain.
Bhí cith ag Clíona inniu. Faoi dheireadh! Buíochas le Dia!

Chaith mé an tsiúlóid go dtí an Coláiste ag cur aithne níos fearr ar Keith. We have so much in common; is fuath linn beirt chilli con carne, is é Aladdin an scannán Disney is fearr linn agus tá cónaí ar an mbeirt againn i gCill Dara. Tá sé chun mixtape a dhéanamh dom nuair a théann sé abhaile go Nás na Ríogh.
I can't believe we're making plans post Irish college. He obviously sees a big future in us. Mise freisin.
I can't wait to introduce him to my family. Maybe then Mam and Dad will stop treating me like a child.

Fuair mé litir ó Hilary inniu. It was basically a blow by blow account of what's happened in *Neighbours* and *Home & Away* since I've been here. She knows that Cooper is taping the episodes for me. She has completely ruined them! Ní dóigh liom gur féidir liom a bheith cairdiúil léi níos mó.

Ansin smaoinigh mé ar Keith and the anger I felt towards Hilary just sort of went away. When you're in love that's the only thing that matters.

Ansin go tobann, cosúil le stoirm sa samhradh, bhí troid mhór agam le Keith.

Seo mar a tharla.

Tar éis lóin bhí mé ag fanacht ar an mballa taobh amuigh de mo theach. We had arranged to go to An Pota Óir but Keith arrived in his football gear. He had forgotten but he was due to play in the sexist football tournament.

I went all silent.

'An bhfuil sé sin ceart go leor?' arsa Keith.

'Tá,' a dúirt mé.

Ach ní raibh mé sásta.

Bhí ciúnas ann agus muid ag siúl.

'An bhfuil tusa feargach faoi rud éigin?' ar sé faoi dheireadh.

'Cén fáth go mbeadh fearg orm?' a d'fhreagair mé.

'Cén fáth nach bhfuil tú ag caint liom?'

'Forget it.'

Ciúnas arís.

'Is this about the football?'

'Of course it is!'

I told him how I never thought a boyfriend of mine could ever do something like this, how I felt utterly betrayed.

'Chillax. Níl ann ach cluiche peile!'

'Exactly. Don't play.'

Bhí muid beagnach ag an bpáirc. He was antsy.

Stop mé ag siúl agus bhí ar Keith stopadh freisin.

'We had already arranged to go to An Pota Óir,' I reminded him.

'Is féidir linn dul tar éis mo chluiche.'

'Tá spórt againn ina dhiaidh.'

'Fine. Ní imreoidh mé sa bloody cluiche!'

'Go maith.'

Bhí muid ciúin ar feadh nóiméid. Bhí sé dearg san aghaidh.

Ansin dúirt mé, 'Tá sé ceart go leor, tá cead agat imirt.'

Keith was confused, was this some sort of trick?

I explained, in great detail, how, throughout history, oppressed people had to stand together to fight corruption. When they did, there was change. Unfortunately, nothing would change regarding football in Coláiste Chormaic until all the girls were united for the cause. Keith was looking at his watch as I told him how the suffragette movement started with one woman, Emmeline Pankhurst, who demanded the right to vote. Keith told me he really wanted to hear the scéal of Emily Prankhurst but could it wait until after the cluiche?

'Ceart go leor,' arsa mise.

Phóg Keith mé agus rith sé ar nós na gaoithe go dtí an pháirc. He got abuse from his teammates for being late. Our argument had passed. Bhí muid i ngrá arís.

Anocht, bhuaigh mise agus Keith Damhsa na nDealbh. Ach ní raibh aon Twix ag DJ John Joe. Thug sé Snickers bar dúinn ina áit. It wasn't possible to do *Lady and the Tramp* with a Snickers. They're far too chewy. We had to swallow the bar first and then Keith gave me a quick peck on the cheek.

Céard í an Ghaeilge ar 'anti-climax'?

Dé Sathairn 2ú Iúil 1994

'Giorraíonn beirt bóthar'
A journey is shortened by company but it really depends on the company. If you were travelling with some total bore (Sandra mar shampla) the journey feels twice as long.

Tá mé neirbhíseach faoin rumble anocht. If *West Side Story* has taught me anything it is this: there is no point trying to talk guys out of a fight. All we (girls) can do is stay at home and maybe sing a song to cheer ourselves up. But what if someone is killed?
If I say something to a múinteoir then I'd be a rat. I'm between a rock and a hard place mar a deir mo Dhaid go minic.

Bhuaigh foireann Keith an cluiche inniu. Beidh siad ag imirt sa chluiche leathcheannais. Bhí mé chomh bródúil. Chonaic Múinteoir Gearóid mé ag béicíl, 'Keith abú!' agus ar sé liom, 'D'athraigh tú d'intinn go han-sciobtha, ní bheadh Germaine Greer róshásta faoi sin.'
I just stared at him as if I didn't have a bog about what he was saying (which was true, I had no idea what he said).

Shuigh mé in aice le Keith sa séipéal. I prayed to Dia that Keith wouldn't get gortaithe sa troid anocht. Tá srón deas aige, it would be a shame if it was briste.

Bhí Cian mar altar boy arís agus he smiled at me as I got the Body of Christ. I didn't smile back. I couldn't betray Keith.

Buíochas le Dia, the rumble was cancelled as two of our best fighters were gortaithe ag imirt peile. An raibh Dia ag éisteacht liom? Did He answer my prayer? Football, the thing I hated, was now saving the thing I loved (Keith)!

Amárach Dé Domhnaigh. Tá cead ag tuismitheoirí teacht ar cuairt. Tá mé ag tnúth le mo thuismitheoirí a fheiceáil. Fiú amháin Cooper.

DÉ DOMHNAIGH 3Ú IÚIL 1994

'Cosúlacht dhá thrian na hoibre'
Looking like you're working is two thirds of the job. My Dad says he always carries papers with him to make it look like he's doing something.

Bhí codladh istigh agam ar maidin. Dhúisigh mé ag 11.
Tháinig a lán tuismitheoirí ar cuairt.
Chuaigh Keith amach lena athair agus lena uncail. I was like a dog looking out the window forlornly for our Opel Kadett to arrive. Níor tháinig mo chlann.
I wasn't the only one who was abandoned.
Níor tháinig tuismitheoirí Felicity ná tuismitheoirí Chlíona. So the three of us hung out together ag imirt cártaí (Spit).
Bhí sé aisteach sa Halla with so few students around.

Bhí Gearóid ann. Agus an cúntóir, Dairíne. Bhí muid ag imirt eitpheile leo.

Tar éis an chluiche, chuir mé ceist ar Ghearóid.

'Cén fáth nach bhfuil cead ag cailíní imirt i gCorn an Domhain?'

'Tá feabhas ag teacht ar do chuid Gaeilge, Emily,' a dúirt sé liom. 'An féidir libh rún a choinneáil?'

'Is féidir,' arsa mise, Clíona agus Felicity le chéile.

'Ní maith leis an bPríomhoide go mbíonn sibh ag crochadh timpeall ar An Pota Óir um thráthnóna, ag caitheamh tobac, ag pógadh agus ag labhairt Béarla.'

How did they know? I wondered.

'Sin an fáth go mbailímid na buachaillí le chéile.'

I never thought teachers could be that clever and manipulative. I remember Dad saying after returning from a trip to London that he had a grudging respect for Margaret Thatcher. This is what he must have meant.

Téann Felicity ar scoil i gCill Mhantáin. Tá bliain a haon, a dó is a trí sa rang céanna agus fós níl ach 12 ina rang! Tá sí ina cónaí ar fheirm mhór. They breed red deer which is so cute.

'An maith leat venison?' a d'fhiafraigh Múinteoir Gearóid di.

'Is maith,' a d'fhreagair Felicity.

Céard é venison?

Chuaigh mé go dtí an leithreas agus chuala mé duine getting sick. An cúntóir Dairíne a bhí ann. Bhí sí ag caoineadh.

'An bhfuil tú ceart go leor?' arsa mise.

'Tá, go raibh maith agat. D'ith mé rud éigin aréir nár réitigh liom,' a

d'fhreagair sí.
Níor thuig mé céard a dúirt sí but I suggested she might have food poisoning. Some of the food here is pretty rank.
Tá Dairíne chomh deas. Ní chuireann sí aon duine ar an Liosta Béarla agus she is always smiling. Bhí sé aisteach í a fheiceáil upset.
Tá sí ag traenáil le bheith ina múinteoir bunscoile, beidh sí go hiontach mar mhúinteoir – she's great with kids!

Thug Keith Smiley bar ar ais ó Ghaillimh dom. The chocolate had melted but, still, he's so thoughtful.

Everyone was supposed to be ag an gColáiste ag a seacht a chlog. Tháinig Jake ag 8.30. Bhí sé amuigh lena dheirfiúr mhór agus a buachaill cara and was acting so giddy. He fell twice during the céilí and just lay on the floor in stitches. It was almost like he was having a nervous breakdown. Bhí cuma fheargach ar Phríomhoide Caoimhín nuair a bhí sé ag féachaint ar Jake.

DÉ LUAIN 4Ú IÚIL 1994

'Nuair a bhíonn an t-ól istigh, bíonn an chiall amuigh!'
When drink is taken, sense leaves! I can confirm that is true.

Ar an tsiúlóid chuig an gColáiste ar maidin dúirt Jake go raibh sé ar meisce aréir! Chuaigh sé go Gaillimh lena dheirfiúr mhór agus d'ól sé ceithre bhuidéal Bulmers.
He said he had a major hangover this morning – so much for staying out of trouble.

And then without any warning, my entire world was turned upside down. It all happened nuair a fuair mé cárta poist.

The picture was of Universal Studios, Orlando.
Níl aon aithne agam ar aon duine i Meiriceá, a smaoinigh mé.
Ansin léigh mé an cárta. It was from Cooper.

We're in Florida. Sickener!
We went to Universal
Studios, Disneyworld and
we're going to the Ireland
match against Holland.
Hope you're having a great
time in Summer School.

Cooper

Emily Ní Phóirtéir
F/C
Coláiste Chormaic
An Cheathrú Rua
Co. na Gaillimhe
Éire / Ireland

Dochreidte.

Keith was very supportive. Chuir sé a lámh timpeall orm. He was my rock. My shoulder to cry on (although I didn't cry because my face gets all puffy and blotchy when I do).
I heard Macaulay Culkin divorced his parents. When I get home I'm going to find out how he did it. We sat on the carraig mhór for a snog. This time we didn't just kiss though. Keith started sucking my neck for ages. Practically biting it like a vampire. Níor thaitin sé liom.

Chuaigh mé isteach le haghaidh dinnéir agus thosaigh gach duine ag gáire fúm. Tháinig Bean an Tí isteach agus d'fhéach sí orm. 'Emily, do mhuineál, céard atá déanta agat?!'

Rith mé isteach sa seomra folctha. Bhreathnaigh mé isteach sa scáthán. There, on my neck, was a giant, ugly hickey.

Bhuail mé le Keith níos déanaí. Bhí mé an-fheargach leis.
'You should have asked first,' arsa mise.
'What would you have said?' a d'fhreagair sé.
'No!' a bhéic mé.
'Exactly! Bhí mé ag iarraidh rud éigin deas a dhéanamh!' ar sé.
'By disfiguring me?!' arsa mise.
'You can give me one, if you like,' ar sé.
No thanks. Shiúil muid chuig an gColáiste gan mórán a rá. Our second MAJOR troid.

Um thráthnóna bhí muid ag féachaint ar Éire v An Ísiltír i gCorn an Domhain. I was sitting up front, wondering if I'd spot my horrible family in the stands. I didn't.
Chaill Éire 2-0. They're out of the competition. Tá siad ag dul abhaile.
Bhí Múinteoir Gearóid ag gearán faoi Packie Bonner mar nár stop sé cúl éasca.
'Bheifeá féin ábalta an cúl sin a shábháil,' a dúirt sé liom.
'Céard faoin penalty a shábháil sé ag an gCorn an Domhain san Iodáil? Bhí sé mar hero.'
'Laoch.'
'Bhí sé mar laoch agus ní dhearna sé ach botún amháin.'
'B'fhéidir go bhfuil an ceart agat,' arsa Gearóid liom.
Bhí Keith ag caoineadh because Ireland lost. I hadn't realised he was so sensitive. I forgave him for giving me the hickey. Tá muid i ngrá arís.

DÉ MÁIRT 5Ú IÚIL 1994

'Tír gan teanga, tír gan anam'
A country without a language has no soul... or anyone talking, it's like watching TV on mute.

A can of Club Shandy has 0.1% alcohol in it. Ceapann Jake má ólann sé fiche canna go mbeidh sé ar meisce.
Is he an alcoholic like Mam's friend Mary?
Tar éis am lóin chuaigh gach duine isteach sa siopa chun Club Shandy a cheannach. Bhí 22 canna ceannaithe againn sa deireadh. Thosaigh Jake ag ól. Bhí sé an-ghreannmhar agus tar éis thart ar uair a chloig bhí siad go léir ólta aige. The guy is hyper anyway, after this amount of siúcra he was out of control.
It was a wasted experiment, ní raibh sé ar meisce ach, as Sandra pointed out, b'fhéidir go bhfaighidh sé diabetes.
Anocht, fuair mé glaoch gutháin. Tháinig Cúntóir Dairíne amach as an oifig leis an cordless phone.
'Haileo?' a dúirt mé isteach san fhón.
'Emily!'
'Olivia?'
We both screamed with excitement. She was in France. She said

Guillaume was so surprised to see her. He didn't think she'd actually go through with it!
The phone started beeping, Olivia had run out of Francs so we were cut off.

I know I was there when she got the money from the post office, I know she told me she booked the ticket for the ferry, I know she wrote to me and said she was going to do it but I can't believe she actually went to France!

Tar éis an chéilí, bhí na buachaillí áitiúla ag fanacht taobh amuigh. The Rumble had been rearranged for tonight. Jake and Paul were leading the charge. Chas mé chuig Keith agus dúirt mé, 'Bí cúramach.' Bhí a lán daoine ag béicíl, 'Tar anseo agus abair é sin' agus 'Come on then'.
I don't think anyone actually hit anyone else.
Tháinig Príomhoide Caoimhín amach ón oifig agus bhris sé suas é.

DÉ CÉADAOIN 6Ú IÚIL 1994

'Aithníonn ciaróg ciaróg eile'
A beetle recognises another beetle – how can we be sure of this?

Keith and I are seeing each other for exactly a week. It's weird being in a long-term relationship. Balla an Ghrá is full of names that have been crossed out but not ours. Our love endures. Keith's surname is

Ó Dúill. I rith rang Ghearóid scríobh mé Emily Ó Dúill arís is arís ar mo chóipleabhar. Chonaic Gearóid é. I was mortified, I was sure he was going to tell Keith but instead Gearóid corrected my spelling to Emily Uí Dhúill. Gearóid is such a know-all.

Nuair a bhí muid i rang Eileen, tháinig Príomhoide Caoimhín isteach ag lorg Jake.
Bhí Jake san oifig for ages. Chuaigh Keith agus mé féin chun na liathróidí a fháil ag an sos agus bhí Jake ag caoineadh.
'They're sending me home,' ar sé.

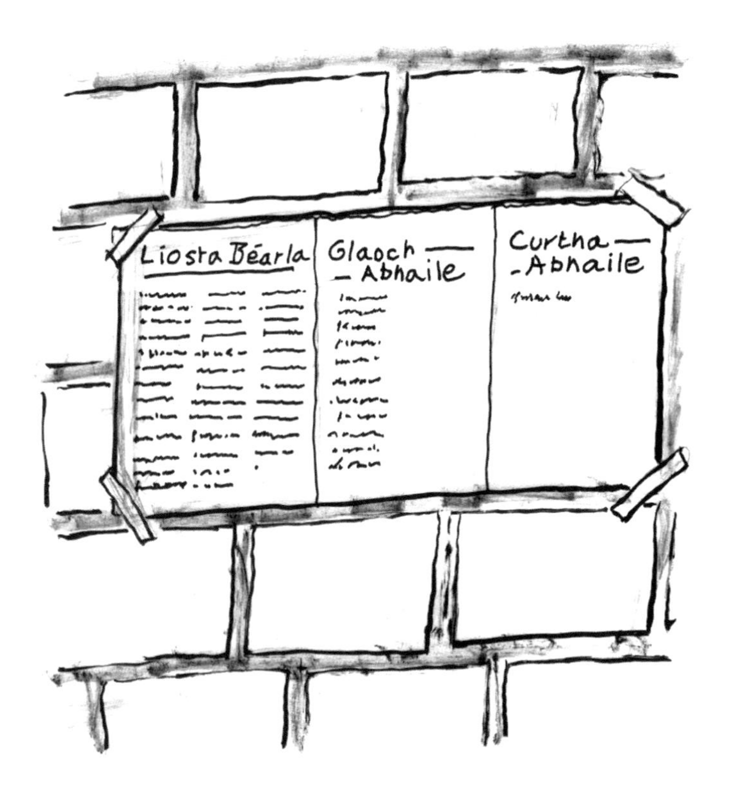

'Ná labhair Béarla,' a dúirt Príomhoide Caoimhín.

'It doesn't matter now, you're sending me home, you're sending me home, you're sending me home!!!'

It turns out that Príomhoide Caoimhín found out about Jake being ar meisce (conas?), about the Club Shandys (conas?!) and knew that Jake was the ringleader of the rumble (arís conas!?!).

They drove him back to Tigh Josie to pack his stuff agus thug beirt chúntóirí abhaile ar an traein é.

Bhí sé an-bhrónach.

Keith reckons there could be a 'narc' among us. I didn't know what that was but Clíona explained it was an undercover narcotics agent posing as a student. Dúirt Clíona gur dope é Keith. Keith accused Clíona of being the narc. Bhí siad ag argóint agus bhí mise gafa idir mo chara is fearr nua agus mo ghrá geal.

I changed the subject by reminding Keith about his forfeit, now that Jake has been curtha abhaile caithfidh Keith damhsa le Múinteoir Eileen – anocht.

Tar éis dinnéir, bhuail mé le Keith ag an gcarraig mhór in aice le mo theach. Bhí muid ag pógadh. He ran his hand up and down my sides, his left wrist brushed off my boob. Ansin, chuir sé a lámha faoi mo hoodie, bhí a lámha ar mo dhroim inching up towards my bra. It tickled. I stopped him just as he touched the bra.

He asked was I okay? I said, 'Tá mé go breá.'

Then we both laughed at the word 'breá'. It eased the awkward tension.

Fair play to Keith, anocht ag an gcéilí nuair a bhí rogha na mbuachaillí ar siúl, chuir sé ceist ar Mhúinteoir Eileen, 'Ar mhaith leat damhsa?' Ghlac Eileen leis an gcuireadh, agus bhí sé an-ghreannmhar iad a fheiceáil ag damhsa agus ag luascadh le chéile. Stop an gáire nuair a thit Eileen ar an urlár and she hobbled off go dtí seomra na múinteoirí ag rá, 'Mo rúitín! Mo rúitín!'

It is amazing that wasn't the most dramatic thing that happened tonight.

Níos déanaí, tháinig na Gardaí go dtí an céilí.

I presumed they were here to arrest people involved in the rumble but, no, to my utter horror bhí siad ag iarraidh labhairt liomsa.

Everyone stared at me as I was brought into the oifig. Céard a bhí déanta agam? My mind was racing. An raibh sé seo faoin airgead a ghoid mé ón mbosca Trócaire chun dul go Funderland?

Bhí Príomhoide Caoimhín ann. Cúntóir Dáiríne freisin.

'An bhfuil aithne agat ar Olivia Ryan?' a dúirt an Garda liom i nGaeilge.

'Tá. An bhfuil cead agam Béarla a labhairt?' arsa mise le Príomhoide Caoimhín.

'Tá, an uair seo,' a dúirt sé.

'Is it about the time we bought tickets to see *Kindergarten Cop* in the cinema but snuck in to watch *Basic Instinct*?'

'Ní hea,' a dúirt an Garda. 'Fuair muid glaoch óna tuismitheoirí. An bhfuil a fhios agat cá bhfuil sí?'

'Tá sí san Fhrainc,' a dúirt mé.

D'inis mé gach rud do na Gardaí, where exactly Olivia was, where she keeps her secret stash of letters, smokes, dolly mixtures etc in her room. I wasn't sure if it was relevant but I even told him that Olivia was planning on going to third base.

'Third base, céard é sin?' a d'fhiafraigh an Garda.

'Cuir ceist ar Chaoimhín, tá a fhios aige siúd,' arsa Cúntóir Dairíne.

Príomhoide Caoimhín turned a bit pale.

I asked the Garda if I was going to be arrested.
'Ná bí buartha, tá muid ag iarraidh teacht ar Olivia. Í a thabhairt abhaile slán. Sin an méid,' a d'fhreagair sé.

D'inis mé gach rud do Keith, even the bit about Olivia planning to go to third base.
'Lucky Guillaume,' an t-aon rud a dúirt sé.
We kissed for only twelve minutes tonight. But I have to admit that my jaw was grateful. I made sure I held his hands while we were kissing so they wouldn't go 'wandering' again.
I get the sense that there's something up with Keith. Maybe he misses Jake.

Déardaoin 7ú Iúil 1994

'Múineann gá seift'
Necessity is the mother of invention. This means that until you need something it won't be invented. Take the remote control for example. When TV first came out there was no remote. So if you wanted to change channel you had to get up and press a button. After a while somebody said, 'I'm sick of this, I'm off to invent a remote control.'

Ar an mbealach go dtí na ranganna ar maidin, thosaigh na buachaillí ag piocadh bláthanna. Sa seomra ranga, chuir siad na bláthanna ar bhord Jake leis na litreacha R.I.P. JAKE.
Nuair a tháinig Eileen isteach bhí sí ar buile. Dúirt sí le Paul na

bláthanna a chaitheamh sa bhosca bruscair.
Tháinig Cúntóir Dairíne isteach i rith an ranga agus bhí an cordless phone aici.
'Duitse arís, tá sé práinneach,' ar sí, agus í ag tabhairt an fhóin dom.
Chuaigh mé amach go dtí an clós.
'Hello?'
Chuala mé duine éigin ag caoineadh. Olivia a bhí ann.
'He has a girlfriend.'
'Who?'
'Guillaume. I should have known, he's French after all.'

Apparently Guillaume has been two-timing Olivia ever since they met while skiing. Is it too much to ask a guy to be faithful for six months in a long distance relationship? What is the world coming to?
There was a big gang of Guillaume's cairde ag an trá. On a good day Olivia's skin is see-through like Casper the Friendly Ghost. Olivia was saying that not only are the girls really tanned, some went topless. Bhí siad go léir an-sean, like 17.
D'fhág Guillaume Olivia ansin lena chairde. Níos déanaí, chuaigh sí ar shiúlóid agus chonaic sí é ag pógadh cailín éigin ina Citroen. Bhí troid mhór acu agus bhris sé suas léi.
I warned Olivia there was a good chance Interpol were after her. She should go to the local police station and hand herself in.
She eventually agreed to.

DÉ hAOINE 8Ú IÚIL 1994

'Ní hé lá na báistí lá na bpáistí'
A rainy day is not the best day for kids because, basically, they have to stay indoors and their parents get a bit annoyed. So it should really be 'Ní hé la na báistí lá na dtuismitheoirí'.

Tá Olivia sa bhaile. Buíochas le Dia.

Inniu bhí turas againn go hInis Oírr. Fuair muid an bád ó Ros a' Mhíl.
Bhí Dairíne an-tinn ar an mbád. Thug mé mo 7Up di.
Chuaigh muid ar shiúlóid mhór go dtí shipwreck darbh ainm an Plassy agus go dtí caisleán éigin.
Bhí mé féin agus Keith inár suí ar an mballa.
Thosaigh muid ag pógadh.
Arís chuir sé a lámh faoi mo hoodie.
'Stop,' a dúirt mé.
'I thought you liked me,' he said, kind of sarcastically.
I heard guys only had one thing on their mind. I thought it was just an old wives' tale.
Bhí mé mícheart.
Tá an trá in Inis Oírr go hálainn. Tá sé cosúil leis an Carribean.
Chuaigh gach aon duine ag snámh.

Ní raibh aon chéilí ann anocht mar bhí tuirse an domhain ar gach aon duine.

Sa bhaile, tar éis an turais, bhí mé féin agus Keith taobh amuigh den teach mar is gnáth.
Ach bhí rud éigin difriúil.
In áit póg a thabhairt dom, dúirt sé, 'This isn't working out, I think we should break up.'
I was STUNNED.
Bhí mé ag déanamh an-iarracht gan tosú ag caoineadh.
'You're sound and I really want us to be friends.'
'Sure,' I squeaked as I left him agus rith mé suas go dtí an teach.
And then the tears came. An caoineadh.
'Céard a tharla, a stór?' arsa Bean an Tí.
D'oscail mé mo bhéal ach níor tháinig aon fhocal amach. All I could do was cry.
Den chéad uair i mo shaol, bhí mo chroí briste.

DÉ SATHAIRN 9Ú IÚIL 1994

'Ní thagann ciall roimh aois'
Sense comes when you're older. I am much wiser now that I'm fifteen.

Aréir, tar éis lights out, d'oscail Clíona an fhuinneog agus chuaigh sí amach.
'Tar liom,' ar sí.
Apparently Clíona does this every night but there's something about

all the fresh air and exercise that makes me fall straight to sleep so I never noticed. Lean mé í amach tríd an bhfuinneog.

Having had a broken heart was having strange effect on me. I no longer was a rule keeper, I was a rule breaker. I was also suffering from croí briste related insomnia.

There are no street lights in Connemara ach tar éis cúpla lá my eyes got used to seeing in the dark almost like I had a super power. Anocht bhí an spéir dochreidte, ní fhaca mé an méid sin réaltaí ariamh.

Shuigh muid ar an gcarraig. Ní raibh sé fuar in aon chor. Bhí Clíona ag caitheamh tobac.
'Ar mhaith leat ceann?'
I'd never smoked before but I heard they relieved stress.
Thóg mé toitín.
Clíona is only a year older than me but she's wise like the way aunties are. She was sympathetic about my situation but she said she wouldn't listen to me crying. If I wanted to do that, I should téigh ar ais isteach.

'Do you want to know why I don't meet any boys from the course?' she asked, blowing rings of smoke.
I was intrigued.
'Mar gach oíche nuair atá na buachaillí ar ais sa teach, they sit around asking each other about their "birds" and what they got off them.'
I was confused.
'You mean, like, a present?'
'No. As in, *How far did you go? What did you get off her?* It's all they're

interested in.'
I was shocked.
'An mbíonn buachaillí ag caint mar sin? I ndáiríre?'
'Buachaillí ó Bhaile Átha Cliath ar aon nós. That's why I steer clear of them.'
I told Clíona about Keith's wandering hand and how I stopped it a few times. I wondered if that was the reason he broke up with me?
'B'fhéidir,' a d'fhreagair sí.

Labhair muid faoi bhuachaillí, an saol sa bhaile, an scoil, whether Ross will ever be with Rachel, rudaí tábhachtacha mar sin.
I used the opportunity to mention how much I like having showers. Clíona admitted go ndéanann sí dearmad i gcónaí cith a thógáil. Dúirt sí go mb'fhearr léi fanacht níos faide sa leaba ná éirí agus a bheith fliuch agus fuar sa chith. Sa bhaile, her mother always reminds her. I offered to remind her while we're here. She was grateful.
I ended up smoking three cigarettes. I didn't inhale but, still, I felt quite light-headed nuair a chuaigh mé go dtí mo leaba.

Ar maidin, while the other girls walked with the lads from Tigh Josie, Clíona and I hung back. The last thing I wanted to do was siúl go dtí an Coláiste le Keith.

Clíona suggested we bunk off school.
'Conas?' a d'fhiafraigh mé.
'Fan anseo.'
Labhair Clíona le Bean an Tí. Dúirt sí go raibh muid ag mothú tinn.
'An t-am den mhí, tuigeann tú,' a chuala mé Clíona ag rá.

Thug Bean an Tí cead dúinn fanacht sa bhaile. Chuir sí glaoch ar an bPríomhoide.
Bhí cead againn bricfeasta a ithe sa seomra suite agus thug sí freshly baked scones dúinn. D'fhéach muid ar an teilifís. Mary Kingston and Kevo were gunging children on some show on Network 2.

I realised I wasn't even ag smaoineamh ar Keith. But once I realised this, thosaigh mé ag smaoineamh air arís.
Bastard.

Dúirt Clíona le Bean an Tí go raibh muid ag mothú níos fearr um thráthnóna. 'Míorúilt atá ann, tá sibh cosúil le Lazarus,' a dúirt Bean an Tí agus meangadh gáire uirthi.

Bhí foireann Keith sa chluiche ceannais de Chorn an Domhain inniu. Chuaigh muid síos go dtí an pháirc chun breathnú air. Chaill siad – on penalties. Keith missed his one. Karma, a bhitseach! Caithfidh mé a admháil go raibh áthas orm.
Keith definitely saw me cheering.

Bhí Aifreann ar siúl anocht. Bhí Cian ann. I smiled at him. He smiled back.
Níos déanaí, tháinig sé féin agus Tomás (tractor boy) go dtí an céilí. Bhí mé ag damhsa le Cian. Bhí Keith ag damhsa le Sandra. I couldn't care less ach is bitseach cheart í Sandra. Bhí mé chomh deas léi when Ronnie dumped her. Fiú cheannaigh mé mála Skittles di. Never again.

Thug Tomás agus Cian abhaile ar bhealach eile muid. Bhí sé níos faide ach at least it meant ní raibh orm siúl le Keith. Bhí Clíona agus Tomás ag shifteáil ar feadh tamaill fhada.

Shuigh mé féin agus Cian ar an mballa. He asked me if I was up for doing a personality test. I definitely was. Dúirt sé liom mo shúile a dhúnadh agus thosaigh sé ag cur ceisteanna orm.

'Tá tú ag siúl i gcoill. Cé atá leat?'

'Céard is brí le coill?' a d'fhiafraigh mé.

'Woods. Cé atá leat?'

'Mo Mham,' a d'fhreagair mé.

'Feiceann tú ainmhí. Céard é?'

'Capall,' arsa mise.

'Conas a mhothaíonn tú?'

'Saghas eagla but trying to stay calm.' Bhí mé ag baint taitneamh as an gcluiche.

'Go maith. Anois feiceann tú teach sa choill. Inis dom faoi.'

'Tá sé mór. Cosy.'

'Ceart go leor. Téigh isteach. Tá bord sa chistin. Céard atá ar an mbord?'

'Bia. Ispíní. Ceapairí. Fizzy drinks agus lava lamp.'

'Go maith. Taobh amuigh, tá cupán ar an bhféar sa ghairdín. Cén saghas cupáin atá ann?'

'China. Bán le bláthanna gorma air.'

'Céard a dhéanann tú leis?'

'Cuirim ar ais sa chistin é.'

'Go maith. Anois, tá uisce in aice leis an teach. Céard atá ann?'

'Loch mór.'

'Caithfidh tú dul trasna. Conas a théann tú trasna?'

'Snámh.'

It turns out that the person I was ag siúl le (Mam) was the most

important duine i mo shaol. The size of the animal (capall) has something to do with the size of my problems. Tá fadhbanna móra agam clearly which is soooo true, I've been abandoned in the Gaeltacht while my parents and Cooper are having the time of their lives in America. The fact that there's food on the table means I'm happy. The cup represents the strength of my relationship with the person I'm walking with and because it's made of china that means it's strong but a bit fragile. Suimiúil. The size of the water has got to do with my desire for love. Dúirt mé 'loch mór' – buíochas le Dia ní dúirt mé small puddle. How wet you get crossing the water represents the importance of your love life. I swam – is léir go bhfuil mo shaol grá an-tábhachtach dom!
Clíona and Tomás returned before I could do it on Cian. An chéad uair eile.

Dé Domhnaigh 10ú Iúil 1994

'An té nach bhfuil láidir ní foláir dó a bheith glic'
If you're not strong, you need to be clever. Mar shampla, David and Goliath. David beat Goliath by hitting him with a slingshot which was clever because he would never, in a million years, have beaten him in a wrestling match.

Ní raibh aon ranganna ar maidin.

Tar éis bricfeasta, chuaigh mé ar shiúlóid liom féin. Ní raibh mé liom féin le fada. Bhí sé go deas.

Ansin, chonaic mé Opel Kadett dearg ag teacht síos an bóthar. Mam, Dad agus Cooper a bhí ann!

Bhí mé chomh sásta iad a fheiceáil. It was all hugs and kisses until I remembered they went on holidays to Florida without me. It was time for a major huff.

Then I saw they bought me lots of cool stuff back from America including a limited edition American Apparel hoodie, Abercrombie & Fitch bootcut jeans agus a lán Pop-Tarts nach féidir a fháil anseo in Éirinn: cinnamon, smores agus blueberry.

Yum.

I decided to forgive my parents. Life is too short for keeping grudges and I really liked the stuff they bought me.

Chuaigh muid go Bóthar na Trá i nGaillimh. Shiúil muid ar an Prom. Bhí mise ag iarraidh dul go dtí an amusement arcade ach bhí Dad ag iarraidh dul go McDonagh's i gcomhair éisc agus sceallóga. If it's a choice between what I want to do or what Dad wants to eat, his stomach wins – gach uair!

Bhí muid ag ithe ár ndinnéir agus cé a shiúil isteach sa bhialann? Keith agus a Mhamaí. What are the odds?

Chonaic Keith go raibh mé ann agus dúirt sé rud éigin lena mháthair. D'fhág siad an bhialann láithreach.

Dad was in great form, tá an obair ag dul go maith dó. He said there will be a big announcement in August that he reckons will change Ireland forever.

I hate being kept in suspense, céard é? Are they finally opening a GAP shop in Dublin? Dad said it wasn't that but he couldn't say what it was. He slipped me £20.

Tá sé in an-dea-ghiúmar!

I linked arms with Mam ag siúl ar ais go dtí an carr. She was keen to find out how my love life was going.

'Tá sé cosúil leis an aimsir, athraíonn sé,' a d'fhreagair mé. D'inis mé di faoi Chian, what a nice guy he is and how we enjoy each other's company but that nothing has happened.

'If it's meant for you, it won't pass you by,' arsa Mam liom agus thug sí barróg dom.

They dropped me ar ais ag an gColáiste in am don chéilí. I changed into my new gear sa charr agus d'fhág mé slán le mo chlann.

Bhí Cian ag an gcéilí arís. Dúirt sé go raibh mo chuid éadaí nua go hálainn nuair a bhí muid ag damhsa lena chéile.

Tar éis tamaill, chuir sé ceist orm, 'Ar mhaith leat dul amach?'

'As in be your girlfriend?' arsa mise, slightly taken aback at how forward he was.

'Ní hea, dul amach, aer úr a fháil, tá sé te istigh anseo.'

'Ó, sea, aer úr.'

Chuaigh muid amach agus bhí muid ag caint lena chéile. Rinne mise an personality test air. It was scarily similar to mine ach bhí sé ag siúl lena dhearthháir and the animal he met was a grizzly bear. Fós féin, I'm beginning to wonder if we're potential soul mates.

Tá sé ait. When I saw him first I didn't fancy him. Bhí sé go deas, don't get me wrong, but there wasn't that immediate spark. Maybe it was because he was wearing an altar boy's dress. Ach, anois, caithfidh mé a admháil – I really fancy him.

Bhí sé an-suimiúil a chloisteáil faoin saol faoin tuath. It is surprisingly similar to my city life ach tá a lán difríochtaí beaga ann. Níor úsáid Cian ATM riamh. Níl aon video shop ar an gCeathrú Rua. Ní raibh sé riamh ar an DART. Instead of a normal library and normal bank, tagann mobile leabharlann (veain le leabhair) agus banc taistil (veain le hairgead) go dtí an baile uair sa tseachtain.

Imagine, a bank van driving around Dublin! It would be very easy for bank robbers to steal it.

Téann Cian go Cathair na Gaillimhe gach Satharn agus tá beagnach na siopaí céanna acu is atá againne i mBaile Átha Cliath. Téann sé go Baile Átha Cliath go minic mar tá a dheartháir ag staidéar agriculture in UCD.

Clíona joined us with Tomás. We all smoked and had the craic. De ghnáth, ní bhíonn cead dul amach sa chlós nuair atá an céilí ar siúl. But even though Gearóid, Eileen and Caoimhín all saw us, they didn't make us go back inside.
Aisteach.

Tar éis an chéilí, Clíona and I hung around An Pota Óir chun sceallóga a fháil. Sceallóga dhá uair in aon lá amháin, I bet my skin is going to have a breakout. I'm so glad gur bhuail mé le Clíona. She's probably now in the top three of my best friends.
Ar an tslí abhaile, chuir Clíona ceist orm faoin scéal le Cian. Dúirt mé léi go raibh muid 'ag tógáil cúrsaí go bog!'
'Don't take it too slowly, we're heading home in a week!' ar sí agus í ag gáire.

DÉ LUAIN 11Ú IÚIL 1994

'Bíonn an fhírinne searbh'
Truth is bitter.

Shiúil muid leis na buachaillí ó Tigh Josie ar maidin. Is cuma liom faoi Keith agus Sandra.
Amárach beidh comórtas amhránaíochta ar siúl. Caithfidh gach teach amhrán a chumadh agus a chanadh.

Fuair mé litir ó Olivia.

Tá a croí fós briste. Dúirt sí that everywhere she goes she's reminded of Guillaume. Stop sí ag ithe French Toast, French Bread agus French Fries. She said she's already lost three pounds. An bhitseach. She ordered her Mam to sell the Renault Clio she drives but so far her Mam has refused. Is féidir le máithreacha a bheith chomh... chomh... heartless.

Níl aon spórt um thráthnóna, ina áit sin tá cead againn fanacht sa bhaile chun ár n-amhrán a chleachtadh. Bean an Tí was a bit miffed, 'An ndéanann na múinteoirí sin aon obair?' ar sise.

Rinne muid cleachtadh ar ár n-amhrán which is our version of Boyzone's 'Love Me For A Reason'. Bhí mé féin agus Clíona ag iarraidh

'Come As You Are' le Nirvana a chanadh but we were outvoted. I was happy to take a back seat as Emma and Hannah organised the 'amhrán.' There's a surprise twist which should be a bit of fun.

Ar an mbealach go dtí an Coláiste anocht, bhí Sandra ag caint liom. D'iarr Keith ar Paul ceist a chur ar Sandra bualadh leis níos déanaí taobh thiar den chúirt cispheile. Sandra wants to ach tá sí buartha go mbeidh mé gortaithe. Dúirt mé léi go raibh sé go breá. Keith was in the past. I had moved on.
Sure enough bhí siad ar Bhalla an Ghrá roimh dheireadh na hoíche. Agus bhí hickey ar Sandra.
Bhí cluiche peil Ghaelach ag Cian agus ní raibh sé in ann teacht anocht. I missed him but if I've learned anything from my failed relationship with Keith, it's that it's important that my life isn't defined by boys.
Chuaigh mé go dtí an oifig chun glaoch a chur ar Olivia. Bhí an doras faoi ghlas ach chuala mé Príomhoide Caoimhín ag béicíl.
'Tá tú déanach!? Tá tú déanach!?'
Chuala mé cailín ag caoineadh.
He must have been giving out to someone who was late for the céilí.
'Tá mise pósta, in ainm Dé,' a scairt an Príomhoide.

DÉ MÁIRT 12Ú IÚIL 1994

'De réir a chéile a thógtar an caisleán'
Rome wasn't built in a day. It took years of slave labour to build it.

Nuacht bhrónach inniu. Chuaigh an cúntóir Dairíne abhaile go tobann. Bhí ionadh ar gach duine; na cúntóirí, na múinteoirí and especially Príomhoide Caoimhín who looks like he saw a ghost. Bhí Dairíne chomh deas. Is trua nach raibh deis againn slán a rá léi.

Chuaigh muid go dtí an trá um thráthnóna. Shuigh mé féin agus Clíona leis na buachaillí áitiúla. Chuaigh mé ag snámh le Cian. Unlike Keith, he didn't dunk me once. I don't even think it crossed his mind. Chonaic mé Keith ag breathnú orainn, I wondered if he was a teeny bit jealous but it was hard to tell as he was dunking Sandra at the time. Either way, ba chuma liom. Seanscéal.

Bhí an Comórtas Amhránaíochta ar siúl anocht. Bhí ar gach teach amhrán a chanadh that they made up. The standard from the girls was MUCH higher than most of the lads. Ach amháin na buachaillí ó Tigh Josie.

Chan Tigh Josie 'Everything Changes' le Take That but they translated it to 'Athraíonn Gach Rud'.

Chaith siad go léir brístí géine gorma agus t-léinte bána. They had worked out a pretty good dance routine.

Chan Keith na páirteanna a chanann Gary Barlow, his voice wobbled a few times.

D'fhéach mé ar Hannah agus Emma, bhí sé soiléir go raibh imní orthu. There was serious competition.

Chuaigh muid suas ar an stáitse chun ár n-amhrán Boyzone a chanadh.

'Coláiste Chormaic,
Tá tú go hiontach,
Spórt agus Céilí,
Tá tú ar fheabhas,
Is aoibhinn linn na ranganna,
Is aoibhinn linn ár gcairde,
Tá Bean an Tí go hálainn,
agus na múinteoirí freisin...'

Agus ansin an casadh... Chuir DJ John Joe ceol Riverdance ar siúl.

Emma and Hannah did a solo dance à la Michael Flatley and Jean Butler. The crowd went wild. Bhí gach duine ag feadaíl agus ag béicíl.

Bhí sos ann a fhad is a bhí na moltóirí ag déanamh cinneadh. Everyone congratulated Emma and Hannah. Tháinig Keith trasna chugam féin agus Sandra agus dúirt sé, 'Bhí sé sin go maith.'
B'in é an chéad rud a dúirt sé liom ó bhris muid suas.

We were all called back into the Halla. John Joe took the stage and announced third place, 'Sa tríú háit tá... Tigh Chaitlín.'
The tension was mounting.
'Níl aon dara háit ann,' a dúirt John Joe. 'Tá an chéad áit roinnte idir Tigh Josie agus Tigh Veronica.'
Joint first place?
Chuaigh muid go léir suas ar an stáitse. Fuair muid go léir mála plaisteach lán le goodies (Burger Bites, Wagon Wheels, Fun Size Maltesers, TK Red Lemonade). Beidh cóisir ar siúl anocht – midnight

feast b'fhéidir!

Thug Cian backer abhaile dom ar a rothar. Bhí muid ag an teach in less than deich nóiméad. Turns out he's the nephew of Bean an Tí. Tá an domhan an-bheag.

Cian is a real gentleman. He hasn't once tried to make a move on me, instead it seems he's happy to spend time agus aithne a chur orm ar dtús. Still, I'd like him to make a move soon. Time's running out in ainm Dé!

Mar gur mise an chéad duine sa bhaile, bhí mé in ann an chéad chith a bheith agam. I shampooed and conditioned mo ghruaig. I may have accidentally used up all the uisce te but when the other girls got back they were so happy with winning the prize and throwing a party, they didn't notice.

DÉ CÉADAOIN 13Ú IÚIL 1994

'Is maith an scáthán súil carad'
A friend's eye is a good mirror. Basically a good friend will say 'Don't wear that dress Emily, it looks rank.'

Bhí díospóireacht againn ar maidin. Bhí gach duine sa Halla ag éisteacht.
An rún a bhí ann ná 'Ba chóir fáil réidh leis an nGaeilge mar ábhar

ar scoil.'

Bhí mise i gcoinne an rúin. Dúirt mé go raibh sé tábhachtach an teanga a labhairt chun í a choinneáil beo.

'Beatha teanga í a labhairt' mar a deir an seanfhocal.

Dúirt mé freisin go raibh an teanga mar chuid dár bhféiniúlacht (identity) mar Éireannaigh. Bhuaigh muid an díospóireacht, thug Gearóid bualadh bos mór dom nuair a bhí sé thart. Is maith liom é arís.

Anocht, beidh an scoraíocht ar siúl. Tá sé cosúil leis an gcomórtas amhránaíochta except we have to write short plays.

Scríobh mise agus Clíona 'scigaithris' (parody) de *West Side Story* ach in áit The Jets agus The Sharks, tá Tigh Josie agus The Locals.

In our version, I play Jake (Riff) and I get killed (curtha abhaile).

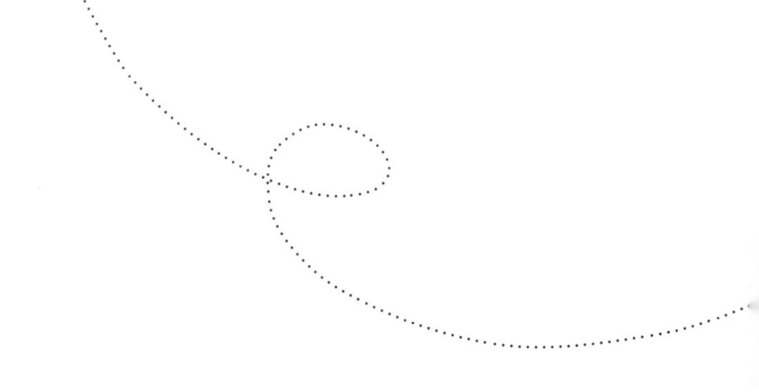

Scéal Ón Taobh Thiar

Scríofa ag Emily Ní Phóirtéir agus Clíona Ní Chuinn

Radharc 1. Sa chúirt cispheile.

Tá Jake agus na buachaillí ag imirt cispheile. Siúlann Príomhoide Grumpy isteach. Tá cuma fheargach air.

PRÍOMHOIDE GRUMPY: Sibhse, cén fáth nach bhfuil sibh istigh ag damhsa ag an gcéilí?
JAKE: Cén fáth go bhfuil tú i gcónaí ag piocadh orainne?
PRÍOMHOIDE GRUMPY: Mar sibhse a bhíonn i gcónaí i dtrioblóid! Céard é seo a chloisim faoi throid anocht idir sibhse agus na buachaillí áitiúla?
RONNIE: Rumble?
PRÍOMHOIDE GRUMPY: Oi! Stop an Béarla! Cuirfidh mé ar an Liosta Béarla thú!

Amhrán leis an bhfhonn céanna le 'Dear Officer Krupke'
West Side Story

[JAKE]
A Phríomhoide Grumpy a chara,
Cén fáth nach dtuigeann tú?
Ní orainn atá an locht
Mar go mbíonn muid ag pleidhcíocht
Is fuath lenár máithreacha sinn
Agus tá ár n-aithreacha i bpríosún
Sin an fáth go bhfuil muid chomh dána

[GACH DUINE/CURFÁ]
A Phríomhoide Grumpy, tá muid trína chéile
Níl aon chailín cara againn,
Agus ní thuigeann muid Gaeilge
Ní drochdhaoine sinne
Ach tá leithscéal againn!
Is buachaillí muid, sin a bhfuil!

[JAKE]
Sin a bhfuil!

[GACH DUINE]
Sin a bhfuil, sin a bhfuil, sin a bhfuil, bhfuil, bhfuil
Níl aon rogha againn,
Mar is buachaillí sinn!

The dráma went down well – chonaic mé Príomhoide Caoimhín ag gáire! (He was portrayed as Príomhoide Grumpy by Felicity who did a wonderful job.) Clíona, who wants to be an actor when she's older, played Máire (Maria) and her performance was very powerful. She could be a professional actor in Pantos if she wanted to.

Tháinig muid sa tríú háit i ndiaidh Tigh Bhairbre a rinne *The Snapper* as Gaeilge agus na buaiteoirí, Tigh Sheosaimhín, who did an ambitious adaptation of *Murder She Wrote* called 'Béarla a Labhair Sí.' Chuala Jessica Fletcher (basically Eileen) duine ag caint i mBéarla. As a bleachtaire, it was her job to find out who spoke English. There was a funny twist when it turned out to be herself, talking in her sleep, so chuir sí í féin ar an Liosta Béarla.

It got a standing ovation and deservedly won.

Dhúisigh Clíona mé ag meánoíche. Bhí Sandra agus Felicity ina gcodladh.

'Tar liom.'

'Cén áit?'

'Amach.'

Lean mé Clíona amach tríd an bhfuinneog.

'Cá bhfuil muid ag dul?'

'Shush.'

Tá cónaí ar gach duine ar an gCeathrú Rua i bungalows. It makes bunking out so much easier.

Chuaigh muid amach ar an bpríomhbhóthar. Bhí Tomás agus Cian ag fanacht linn.

Bhí an-ionadh orm.

'Cá bhfuil muid ag dul?'
'Chuig an trá.'

Bhí muid ag briseadh na rialacha, if caught, we'd definitely be curtha abhaile. Bhí eagla orm. Bhí sceitimíní orm. Bhí ocras orm.
Bhí orainn léim isteach i ngortanna aon uair a chonaic muid carranna ag teacht inár dtreo. Auntie Helen's warning about the escaped prisoner was ringing in my ears. I said a quick prayer that we wouldn't meet him.

Ar deireadh shroich muid an trá.
While Tomás agus Cian tried to light a fire, myself and Clíona paddled in the sea. The most amazing thing happened nuair a chuir muid ár gcosa san uisce – it glowed a luminous green. Cian said it's called bioluminescence and it's something to do with algae in the water. It was quite magical.

Las na buachaillí tine agus shuigh muid thart ag caitheamh toitíní agus ag toastáil marshmallows. Tar éis tamaill, chuaigh Clíona isteach sna sand dunes le Tómas. Bhí mé féin agus Cian fágtha linn féin.

Whatever way the light of the fire was catching him made him look extra hot.
I hoped it made me look extra hot too.
He leaned in and was about to kiss me when suddenly we were flooded in light. Carr a bhí ann! Rith Clíona agus Tomás ar ais ó na sand dunes agus chuaigh muid i bhfolach taobh thiar de bhalla.
Múinteoir Gearóid a bhí ann. Stop an carr díreach in aice leis an mballa. Chuala mé na fuineoga leictreacha ag oscailt. Bhí 'Hotel California' ag seinnt ar an raidió sa charr. I was sure we were going to be caught. Curtha abhaile.
'Tá súil agam nach bhfuil aon chailíní ó Tigh Veronica amuigh anois. Má tá, ba chóir dóibh dul díreach abhaile.'
Agus leis sin Múinteoir Gearóid drove off.

Panicked, d'fhág Clíona agus mé féin slán leis na buachaillí agus rith muid ar nós na gaoithe ar ais go dtí an teach. Dhreap muid ar ais isteach tríd an bhfuinneog agus léim muid isteach inár leapacha. Bhí Sandra agus Felicity fós ina gcodladh.
My heart was pumping from the near miss.
I whispered to Clíona, 'That was the best night of my life.'
'It was fun alright, chica,' a d'fhreagair sí. 'Oíche mhaith.'

DÉARDAOIN 14Ú IÚIL 1994

'Is maith an scéalaí an aimsir'
Time will tell.

It's our second last day here. Beidh muid ag dul abhaile amárach.

Shiúil mé le Clíona chuig an scoil. Bhí muid ag caint faoin oíche aréir.

'Ar phóg tú Cian?' arsa Clíona liom.

'Níor phóg.'

Bhí díomá orm ach dúirt Clíona that tonight would be my night – 'Tarlóidh sé anocht duit.' Bhí sceitimíní orm.

An lá deireanach ar scoil. Ní raibh ranganna againn. Bhí muid ag caint leis na múinteoirí. Tá siad go léir sound, fiú amháin Eileen. Sometimes I forget that teachers are real people too.

Chaith mé an mhaidin ag scríobh nótaí i gcóipleabhair gach duine. Mostly mar seo:

Hi [XXX]

Tá súil agam go raibh am maith agat i gColáiste Chormaic.

Cúrsa B go deo!

Feicfidh mé thú ag an reunion.

Slán

Emily

Scríobh chugam:

Emily Ní Phóirtéir

12 Clós an Chaisleáin

Léim an Bhradáin

Co. Chill Dara

Bhí gach duine ag scríobh nótaí i mo chóipleabhar freisin. I had a pile of notes to write and I noticed Keith's was one of the copybooks.
I decided to be mature agus rud éigin deas a scríobh dó.
But it turned into a bit of a rant. Scríobh mé 6 leathanach as to why he should be more respectful to women.
'An bhfuil tú ag scríobh úrscéil?' a d'fhiafraigh Clíona.
I signed off, 'I hope you'll take this criticism on board, I had a really nice time with you for a while and I think you have the potential to be a good person. Slán. Emily.'

Anocht beidh an Dioscó Mór againn. Beidh gnáthcheol ann. I can't wait.
Ní raibh aon spórt ann um thráthnóna, instead we were all supposed to pack ár málaí.
Chuir mé i gcuimhne do Chlíona gur cheart di cith a thógáil. Dúirt sí 'go raibh maith agat.'
Níl aon 'out out clothes' ag Felicity. Chuir mé ceist uirthi, 'Ar mhaith leat cuid de mo éadaí a chaitheamh anocht?'
Bhí sí really enthusiastic and she agreed to let me paint her nails and do her make-up. Rinne Hannah a cuid gruaige and styled it like Claudia Schiffer.
Felicity even borrowed high heels from Emma! Talk about a real Ricki Lake Makeover.
Fuair muid ghettoblaster ó Bhean an Tí agus chuir mé an mixtape (a thug Olivia dom) ar siúl as we all got réidh. I haven't worn my favourite white crop top all the time I was here. I was saving it for tonight with my white Pepe jeans. When I put my top on it seemed a bit big on me, like it's been stretched. Clíona suggested stuffing my bra with

tissues to solve the problem which I did and, I know self praise is no praise, but, Ó Mo Dhia did I look amazing!

Thóg Bean an Tí grianghraf dínn lasmuigh den teach sular shiúil muid go dtí an Coláiste. Poor Felicity looked like Bambi on ice ag iarraidh a bheith ag siúl sna bróga sál ard. Beidh a cosa pianmhar amárach!

Nuair a shroich muid an áit bhí Cian agus Tómas agus na buachaillí áitiúla eile ann.

'Tá tú ag breathnú go hálainn,' a dúirt Cian liom.

Bhí mé chun a rá go raibh mé ag tnúth go mór leis an slowdance but I lost my nerve. I just smiled.

Thosaigh an dioscó agus bhí na cailíní go léir on the dancefloor. Bhí Cian agus na locals ag damhsa freisin. The same can't be said for the buachaillí from the Coláiste. Shuigh siad ar na binsí ag breathnú ar na cailíní ag damhsa.

At least with a céilí everyone would have been on the dancefloor.

It wasn't as much fun with the buachaillí not taking part ach bhí mise sásta ag damhsa le Cian.

Bhí beagnach gach duine ag damhsa nuair a chas DJ John Joe 'Saturday Night' le Whigfield agus bhí GACH DUINE ar an urlár nuair a chas sé 'Jump Around' le House of Pain.

And it was during 'Jump Around' that disaster struck.

Bhí na buachaillí ag mosháil, jumping into each other. Poor Felicity was very unsteady on her feet and probably shouldn't have been jumping around.

One of the buachaillí knocked into Felicity sending her flying. She landed with a huge SMACK ar an urlár in aice liom agus go tobann thosaigh a srón ag cur fola. Bhí fuil gach áit! (It was like the final scene in *Carrie*.)

Bhéic Sandra, 'Cuir glaoch ar an otharcarr!' Thosaigh mé ag tógáil an tissue I stuffed in my bra out. Buíochas le Dia, we stopped the flow of blood. Múinteoir Eileen commended me on my quick thinking. That's when I saw my white jeans. Bhí siad CLÚDAITHE le fuil. D'fhéach sé uafásach.

Dúirt Múinteoir Eileen go dtabharfadh sí síob abhaile dom féin agus do Felicity chun ár gcuid éadaí a athrú.

'Ceart go leor ach caithfidh muid deifir a dhéanamh!' arsa mise.

We sped home, we changed quick smart agus bhí muid ar ais ag an gColáiste i ndiaidh fiche cúig nóiméad but to my horror bhí an dioscó thart.

CHAILL MÉ AN DAMHSA MALL! CHAILL MÉ MO SHEANS LE CIAN!

Bhí Cian agus a chairde taobh amuigh ag imirt cispheile. I decided I was going to go over and talk to Cian. Explain to him how I feel. Make the first move if I have to! Just my luck, who should come out of the oifig but Príomhoide Caoimhín agus dúirt sé liom dul isteach sa Halla. Anois.

Ní raibh sé seo ag tarlú!

Dúirt mé 'Tar liom' le Cian ach dúirt Príomhoide Caoimhín nach raibh cead ag muintir na háite a bheith istigh sa Halla anois.

Nuair a dhún Príomhoide Caoimhín an doras, he also closed the door to my one chance of true love. Fíorghrá.

I was in total shock as Príomhoide Caoimhín and the rest of the múinteoirí took the stage. Dúirt siad gur muidne an grúpa mac léinn ab fhearr a bhí acu riamh agus go raibh an-bhrón orthu muid a fheiceáil ag imeacht.

Dúirt siad go raibh roinnt duaiseanna le tabhairt amach acu.

First up were lots of medals for different sports.
Bhuaigh Clíona 'An Cinnire Tí is Fearr.' She was chuffed.
Some guy from Tigh Nora won SárBhuachaill which basically means the best boy of the class.
Bhí trophy amháin fágtha. Labhair Príomhoide Caoimhín.
'Nuair a thosaigh sí ar an gcúrsa, bhí sí ar bheagán Gaeilge. Ach rinne sí iarracht, ghlac sí páirt, bhí sí cairdiúil le gach aon duine, fiú daoine áitiúla. Is í Sár-Chailín Chúrsa B ná... Emily Ní Phóirtéir.'
Mise?
Bhuaigh mé duais!?!
Bhí gach duine ag feadaíl, ag béicíl agus ag scairteadh nuair a chuaigh mé suas chun an duais a fháil.
I felt numb, like I was having an out-of-body experience.
Thug Gearóid an duais dom agus phóg sé mo leiceann agus ar sé 'Comhghairdeachas, tuillte go maith agat!'
Rinne gach duine comhghairdeachas liom, fiú amháin Keith.
Ansin, thosaigh an céilí. Anois bhí gach duine ag damhsa – na múinteoirí freisin. Bhí sé thar cionn. Bhí an-oíche againn.
Ag meánoíche, stop an ceol agus chan muid Amhrán na bhFiann ós ard den uair dheireanach. Bhí a lán daoine ag caoineadh. Ní raibh aon duine ag iarraidh dul abhaile.
Thóg mé a lán grianghraf agus thug mé barróg do beagnach gach duine.
Ní raibh Cian ag fanacht liom taobh amuigh. *I suppose it wasn't meant to be.*
Ansin shiúil muid abhaile ag canadh amhrán in ard ár gcinn is ár ngutha: 'Tír na nÓg', 'De Do Ron Ron', 'Peigín Leitir Móir', 'Óró 'Sé do Bheatha 'Bhaile' agus go leor eile.

Bhí cupán tae againn le muintir an tí roimh dhul a chodladh.

DÉ HAOINE IÚIL 15Ú 1994

'Is í an chiall cheannaithe an chiall is fearr'
Sense that is earned is the best kind of sense i.e. get up off your bum. Try something different. If your Mam says, 'Why don't you taste some hummus?', taste it. You may like it. You may hate it but you won't know unless you try it.

Bhí sé ag cur báistí ar maidin nuair a d'fhág muid slán le Bean an Tí. Bhí sí ag caoineadh agus thug sí barróg mhór dúinn go léir.
'Bhí sibh iontach ar fad, a chailíní,' a dúirt sí linn. 'Fáilte romhaibh ar ais anseo ar cuairt am ar bith.' I'm genuinely going to miss her agus a clann. Shiúil muid chuig an gColáiste don uair dheireanach.
Bhí an bus ag fanacht linn ag an scoil. I was hoping Cian might show up to say slán (and maybe profess his undying love for me) ach níor tháinig sé. Le croí trom d'fhág mé An Cheathrú Rua.
Bhí mé sona agus brónach. Sona go raibh am iontach agam. Brónach a bheith ag imeacht. Sásta a bheith ag dul abhaile. Brónach an Ghaeltacht a fhágáil.
As the bus drove off I thought about my time here. Na ballaí cloiche. An Pota Óir. An trá. An Halla. Na ranganna. Na múinteoirí agus cúntóirí. Bean an Tí. Muintir na háite.
The poignancy of the moment was completely ruined when everyone started playing this game called 'beat the slut'.

It means shifting as many people as you can. Níor ghlac mise ná Clíona páirt sa chluiche. Chuala mé go raibh Sandra le tríocha a dó buachaillí.

To avoid being asked to shift people, chuir mé orm mo headphones agus d'éist mé le mo walkman. Thit mé i mo chodladh agus nuair a dhúisigh mé bhí muid beagnach ag The Spa Hotel, Lucan.

There was lots more hugging as we got off the bus. We all agreed we'd go on Cúrsa B an bhliain seo chugainn – an cúrsa is fearr! And until then we'd all see each other at the reunion Dé Sathairn seo chugainn. Bhí Mam, Dad agus Cooper ann chun mé a bhailiú. Thug muid cuairt ar Nana agus Granddad. Granddad gave me the biggest hug ever and said I smelled of the West of Ireland.
Not sure if that is a good thing or not.

Bhí gach duine really impressed le mo dhuais.

Nana and Granddad loved hearing the (censorsed!) stories of my time in Connemara. Nuair a shroich mé an baile, bhí mé chomh tuirseach sin go ndeachaigh mé díreach a luí.

DÉ SATHAIRN 16Ú 1994

Weird thing started happening about a week ago when I was in the Gaeltacht. I started dreaming as Gaeilge. Even though I'm back in

Leixlip, bhí brionglóid agam aréir go raibh mé ar ais sa Ghaeltacht. Bhí sé iontach.
I don't know why but I tried on last year's summer clothes and they all fitted me.
Ní raibh mé in ann é a chreidiúint. It's not like I was starving myself when I was away. I guess it was all the siúl agus damhsa.

I met up with Olivia this afternoon we decided to go for a long walk. I kept waving at passing cars and saying 'Dia duit' to passing strangers. Olivia accused me of being weird.
We filled each other in on everything that happened in our lives while we were apart. D'inis mé di faoi Chian agus Keith. Labhair sí faoi Guillaume. She reckons he will eventually realise his mistake and come crawling back, I said I agreed with her even though I have my doubts. We sat on my wall and talked until way after the street lights came on. Tá sí ag iarraidh teacht chuig an nGaeltacht liom an samhradh seo chugainn.

Dé Domhnaigh 17ú Iúil 1994

I had a massive lie in today. Tá sé aisteach a bheith ar ais i mo sheomra féin. I miss having eight other girls around me.
I decided to rearrange my room and pack up all the Disney toys. Tháinig Dad isteach agus d'fhiafraigh sé díom céard a bhí ar siúl agam. Dúirt mé leis go raibh mé ag éirí ró-shean to have toys in my seomra and that I was going to donate them to needy children. He went all

quiet and seemed a bit upset although I can't imagine why. He offered to drop the toys to St Vincent de Paul on his way to work amárach. Níos déanaí chuala mé é ag dul suas go dtí an attic. Maybe my decluttering has inspired him to do the same?
Cén fáth nár thug mé m'uimhir do Chian? Cén fáth nach bhfuair mé a uimhir?

DÉ LUAIN 18Ú IÚIL 1994

Mam bumped into Sandra's Mam at the Chemist's. Sandra has a bad case of strep throat. Níl ionadh ar bith orm – ag pógadh 32 buachaillí! Mam got my grianghraif developed for me in the one-hour photo shop. Um thráthnóna, shuigh muid sa ghairdín cúil ag breathnú ar na grianghraif agus mhínigh mé di cé hiad gach duine. D'inis mé an scéal ar fad faoi Keith agus Cian di. She told me not to be in too much of a hurry to grow up. Ródhéanach!

DÉ MÁIRT 19Ú IÚIL 1994

I couldn't wait any longer agus léigh mé na nótaí i mo chóipleabhar. It brought me right back to An Cheathrú Rua.
Bhí litreacha gach duine chomh deas, ach bhí litir Eoin saghas aisteach.

'An Doire Beag'
An Caisleán Nua
Contae na Mí

Emily, a chara,

Eoin anseo. Bhí sé go deas aithne a chur ort. Tá súil agam gur bhain tú taitneamh as an gcúrsa. An mbeidh tú ag teacht ar chúrsa B nó ar chúrsa C an bhliain seo chugainn? Tá gach duine ag rá cúrsa B anois ach dúirt mé leat faoin rud a tharla dom an bhliain seo caite agus tá mé buartha go dtarlóidh sé arís.

An uair seo tá mé ag iarraidh ar gach duine fótachóip den admháil a fhaigheann siad ó Choláiste Chormaic a sheoladh chugam ag:

Eoin de Paor
'An Doire Beag'
An Caisleán Nua
Contae na Mí
Fón 046-85002
Faics (más fearr) 046-856699

P.S. Freisin, beidh mo pre-debs ar siúl ar an 22ú Bealtaine 1995. Ar mhaith leat teacht liom? Labhróidh muid faoi ag an reunion.

Mar a dúirt mé – aisteach! B'é ceann Chlíona an ceann ab fhearr.

Hi Chica!

Tá an cúrsa thart ach bhí sé go hiontach aithne a chur ort. Tá tú chomh sound. Caithfidh muid fanacht i dteagmháil. Tá fáilte romhat fanacht i mo theach am ar bith! Beidh mise ag déanamh na hArdteiste an samhradh seo chugainn, ní bheidh mé ar ais mar dhalta. STOP AG CAOINEADH!!! B'fhéidir go mbeidh mé ar ais mar chúntóir? Ní bheadh a fhios agat!
Go raibh maith agat as a bheith chomh séimh agus chomh greannmhar.
Ádh mór le Cian anocht ☺

Le grá chomh mór le heilifint,

Clíona

P.S. Ná tosaigh ag caitheamh tobac. Mothaím go dona faoi sin.
Tá siad déistineach agus an-daor!

Scríobh Keith 'Thanks for the memories. Peace.' And he drew a CND sign.

DÉ CÉADAOIN 20Ú IÚIL 1994

I binge-watched all the episodes of *Neighbours* and *Home & Away* that I missed.
Never thought I'd say this but I miss the Gaeltacht!
It's boring doing nothing all day.
Cén fáth nach féidir liom Cian a chur as mo cheann?
Chuaigh mé féin agus Dad ar shiúlóid go Castletown House. He asked me if I wanted to know what the big secret was that he mentioned when he visited me in the Gaeltacht? I said yes and he swore me to secrecy. I wasn't to tell anyone.
'Beidh sos cogaidh á fhógairt ag an IRA sar i bhfad,' he whispered.
'Ní thuigim,' a d'fhreagair mé.
He told me that he's been working behind the scenes brokering peace in Northern Ireland. Apparently the IRA are going to announce a ceasefire very soon.
'Great news!' he repeated. He sensed I was a bit disappointed. 'You'd prefer a GAP shop opening in Dublin?' he asked. I can't deny that it would have been amazing but Dad is really happy about the prospect of an end of violence which I guess is good too.

DÉARDAOIN 21Ú IÚIL 1994

Ó Mo Dhia!
Is fuath liom Cooper.
D'imigh mé ar shiúlóid le Olivia agus Hilary. Nuair a tháinig mé abhaile, chuaigh mé isteach i mo sheomra leapa agus bhí sé ina shuí ansin ag léamh mo dhialainne.
'Who's Cian?' ar sé.
'Give it to me, you slíomadóir lofa,' a dúirt mé leis.
Chaith sé chugam é.
'I don't understand most of it. It's in Irish.'
Ansin bhí smaoineamh iontach agam. Má scríobhaim i nGaeilge ní thuigfidh Cooper céard atá á scríobh agam!
Foirfe!

DÉ HAOINE 22Ú IÚIL, 1994

Chuir Clíona glaoch orm inniu. D'iarr sí orm fanacht ina teach oíche amárach. Thug Mam cead dom. Nílim chun aon rud a rá le Olivia. Tá seans ann go mbeidh sí éadmhar. (Jealous – I had to look that one up.)

Dé Sathairn 23ú Iúil 1994

Fuair mé an bus isteach go Baile Átha Cliath ar maidin. Bhuail muid go léir le chéile taobh amuigh de McDonalds ar Shráid Grafton. Bhí gach aon duine ann seachas Sandra – tá sí fós tinn le strep throat.
Bhí Jake ann. He shaved his head. Ní fheileann sé dó.
Bhí sé saghas aisteach bualadh le gach aon duine i mBaile Átha Cliath.
Ba chóir dúinn a bheith ar an gCeathrú Rua.

Chuaigh muid go dtí Faiche Stiabhna. Thosaigh a lán daoine ag ól.
Bhí dolly mixtures acu.
Ní raibh aon suim agam é sin a dhéanamh.
Rug Clíona greim ar mo lámh.
'Tar liom.'
'Cá bhfuil muid ag dul?'

Chuaigh sí go dtí an siopa agus cheannaigh sí cárta fóin. Ansin chuaigh sí isteach i mbosca fóin agus rinne sí glaoch. Tar éis nóiméid, tháinig sí amach.
'Tá muid ag dul go Gaillimh.'
'Céard?' Bhí ionadh orm.
'Gheobhaidh muid an bus anois. Tá Tomás agus Cian chun bualadh linn.'

Bhí sí i ndáiríre.

It felt wrong. Dangerous. Rebellious. Bhí a fhios agam go raibh orm é a dhéanamh.

'Ceart go leor,' a d'aontaigh mé.
'Maith thú,' arsa Clíona.

Chuaigh muid go Bus Áras agus cheannaigh muid dhá thicéad go Gaillimh. Cheannaigh Clíona toitíní agus bia don turas freisin.

Shroich muid Eyre Square i nGaillimh ag a ceathar. Bhí Tomás agus Cian ag fanacht linn ag stad an bhus.
Bhí sé go hiontach Cian a fheiceáil arís.
Shiúil muid go Bóthar na Trá. The conversation flows with Cian. Ní bhíonn aon awkward pauses. Bhí muid ag caint faoin dioscó mór, faoin timpiste a bhí ag Felicity agus faoi cé chomh brónach is a bhí mé nach raibh seans agam slán a fhágáil leis.
'Is cuma, tá muid anseo anois,' a dúirt sé.
He is so deep.
Nuair a shroich muid Bóthar na Trá chuaigh Clíona agus Tómas go dtí árasán uncail Thomáis. Bhí a uncail as baile agus bhí cead ag Tómas fanacht ann leis féin. Bheartaigh mé féin agus Cian dul go dtí The Amusements.
Chuaigh mé féin and Cian ar na bumper cars, ar an waltzer agus ar an rollercoaster.
D'íoc Cian as gach rud! Dúirt sé liom nach raibh cead agam mo lámh a chur i mo phóca! What an old-fashioned gentleman!
Bhuaigh Cian teidí dom ag imirt cluiche 'Duck Hunt'.
Bhí an-chraic againn.

CANDY FLOSS
YUMMY
GHOST TRAIN
ENTRANCE

Fuair mé candyfloss agus shuigh muid ar bhalla. I forgot to say, bhí ceol ar siúl sna Amusements and nuair a shuigh muid ar an mballa bhí amhrán Wet Wet Wet, 'Love is All Around', ar siúl.
Bhí sé cosúil le rud éigin as scannán Hollywood.
Bhreathnaigh Cian sa dá shúil orm.
Agus ansin thug sé póg dom. Agus thug mise póg dó.
Ní raibh sé seo cosúil le Keith, there were no tongues wrestling each other. Thóg sé go bog é. Go mall. I could have kissed him for days – bhuel, cúpla uair a chloig ar aon nós!
Time seemed to stand still and before I knew it bhí Clíona agus Tómas ar ais.
'Faoi dheireadh,' a dúirt Clíona, 'caithfidh muid brostú chun an bus deireanach a fháil abhaile.'
Shiúil muid ar ais go Gaillimh. Dúirt Cian liom go mbeadh sé ag dul go Baile Átha Cliath ar feadh seachtaine i mí Lúnasa chun fanacht lena dheartháir.
'Ba bhreá liom dul go dtí an Zú,' a dúirt sé liom.
'An Zú? Cén fáth?'
'Ní raibh mé ann cheana.'
'An Zú?!'
'Ní raibh mé ann ariamh. An rachfaidh tú liom?'
'Ceart go leor, rachfaidh muid go dtí an Zú mar sin,' a d'fhreagair mé.

Bhí muid ag siúl chuig stáisiún na mbusanna. Bhí ciúnas eadrainn. Tar éis tamaillín, labhair Cian.
'Tá ceist agam ort,' a dúirt sé. 'Ar mhaith leat dul amach liom? A bheith mar chailín agam?'
Bhreathnaigh mé sa dá shúil air ar feadh tamaillín.

'Bhuel?' ar seisean.

'Níor mhaith liom... b' aoibhinn liom!' a d'fhreagair mé.

'Go maith,' a dúirt sé agus thug sé póg dom. 'Feicfidh mé thú ag an Zú.'

D'fhág mé slán aige agus chuaigh mé féin agus Clíona ar an mbus.

Shuigh muid síos.

'Sásta?' a cheistigh sí.

'An-sásta,' arsa mise.

Scríobh mé 'Emily agus Cian go deo' ar an bhfuinneog.

Bhí mé i ngrá a smaoinigh mé.

Grá ceart an uair seo.